KB003810

동독에서 일주일을

- 통일 후 넘어야 할 일곱 개의 장벽

동독에서 일주일을
- 통일 후 넘어야 할 일곱 개의 장벽

초판 1쇄 발행 2019년 11월 9일

글 사진 오정택 이유진 이초롱 진병우 최인혜

펴낸곳 도서출판 가쎄 [제 302-2005-00062호]
주소 서울 용산구 이촌로 224, 609
전화 070. 7553. 1783 / 팩스 02. 749. 6911
ISBN 978-89-93489-89-7

값 12,800원

홈페이지 www.gasse.co.kr
이메일 berlin@gasse.co.kr

동독에서 일주일을

- 통일 후 넘어야 할
일곱 개의 장벽

동독에서 일주일을

- 통일 후 넘어야 할 일곱 개의 장벽

2day

1day

4day

6day

Jetzt AfD

2011

Tickets und Informationen
2019

Karl-Liebknecht-Straße
30

la Baum
cocktailbar
essen trinken
feiern
LOUNGE

프롤로그: 거기 동독인데 괜찮겠어?

독일 라이프치히에 사는 우리들이 이곳으로 오기 전 가장 많이 들었던 말이다. 우리뿐만이 아니다. 서독에 살던 독일인들도, 독일 이외의 국가에서 온 '외국인'들도, 동독으로 들어오는 길목에서 한결같이 똑같은 말을 들었다.

독일 통일이 된 지 30년. 동서를 가르던 장벽은 무너졌다. 장벽은 이제 파편이 되어 기념품으로 팔리고 있지만, 동독으로 들어가는 '외부인'들은 여전히 장벽 검문소를 지나듯 이 질문에 답해야 한다.

"동독에서 살아도 정말 괜찮겠어?"

모두 각자 저마다의 이유로 라이프치히에 자리를 잡았다. 우연과 필연들이 얽히고, 선택과 선택들이 모여 지금 이 순간, 그곳에 있는 여러분들처럼 우리도 라이프치히라는 도시로 흘러들어왔다. '구동독'이라는 딱지가 지워지지 않은 곳. 라이프치히에 살면서 오해와 편견을 풀어내고 나면, 또 다른 오해와 편견이 다가왔다. 동서를 가르는 장벽은 무너지고 또다시 세워지고를 반복했다. 우리의 프로젝트는 그렇게 시작됐다.

라이프치히에서 몇 번의 사계절을 보냈다. 라이프치히의 내면을 좀 더 들여다볼 수 있었다. 대학에서, 회사에서, 집에서, 광장에서 라이프치히에 대한 이야기를 풀어놓기로 했다. 편견의 시선을 지워보자. 구동독 도시 라이프치히가 진짜 어떤 곳인지 이야기해보자. 동시에 우리나라의 지금을 생각해봤다. 언젠가 통일이 된다면, 우리는 북한의 어떤 도시에서 삶을 꾸려나갈 수 있을까? 그 삶은 과연 어떤 모습일까? 라이프치히 이야기를 통해서 다시, 우리의 모습을 바라보고자 했다.

글을 이어가는 순간에도 라이프치히는 계속 변했다. 모든 변화가 아름답지만은 않았다. 라이프치거의 시선으로 구동독 도시에서의 삶과 그 도시의 생을 솔직하게 담았다.

사실 라이프치히는 억울하다. '구동독' 중에서도 라이프치히는 조금 특별한 도시이기 때문이다. 통일의 시발점이 된 촛불혁명의 시작점이었고, 그때나 지금이나 자유와 민주주의를 향한 열망이 높은 곳이다. 독일에서 두 번째로 오래된 대학이 있고, 일찍이 지식산업과 문화 예술이 번성했던 곳이다.

라이프치히는 지금 구동독을 휩쓸고 있는 신나치와 극우파들 사이에서 유일하게 좌파 성향을 유지하고 있는 도시다. 라이프치거들은 종종 구동독과 라이프치히를 분리해서 생각해야 한다고 이야기한다. 이런 생각조차 '구동독'에 대한 이미지를 여실히 드러낸다. 라이프치거들도 구동독 스스로를 부정적으로 생각한다는 뜻이기 때문이다.

"그래서 동독에서 살아도 괜찮겠어?"

결론부터 말하자면 물론 괜찮았다. 과거형인 이유는 미래까지 장담할 수는 없어서다. 장벽은 정말로 무너진 것일까. 라이프치히에서 살면서 경험한 일곱 가지 장벽 이야기를 하나씩 하나씩 들여다보았다. 우리가 본 장벽이, 우리가 지워낸 장벽이 물론 다는 아니다. 장벽은 무너지고, 또다시 세워지기를 반복한다. 도시는 지금 이 순간에도 끊임없이 변하고 있으니까.

2011

2019

ERGO
ORTE DER FRIEDLICHEN REVOLUTION
19
4. DEZEMBER 1989
Besetzung der Leipziger Stasi-Zentrale
DECEMBER 4, 1989
Occupation of the Stasi headquarters in Leipzig
Unterwegs im

첫 번째 장벽: 교육

높아지는 자존감, 낮아지는 교육 장벽

글: 초롱

'동독 스타일' 선생님

아침 7시 45분. 춘삼월이 되었는데 아직도 아이들 학교 가는 길은 어둑어둑하고 춥기까지 하다. 게다가 얼마 전부터는 바람까지 거세게 불어 멀지 않은 등굣길이 (조금 과장을 보태) 에베레스트 정상에 오르는 길처럼 험하나. 양손에 두 아이의 손을 하나씩 꽉 쥐고 4000m 같은 400m를 걸어 학교에 도착했다. 무사히 학교에 들어가는 아이를 보며 한숨을 돌리는데, 누가 내 어깨를 톡톡 치며 반갑게 인사한다.

“구텐 모르겐, 알레스 굿?” (좋은 아침, 요즘 별일 없지?)

큰아이의 같은 반 아이들 엄마 중에서 나에게 가장 친절하고 상냥한 바바라였다. 남편을 따라 인도에서 4년을 살았다는 바바라는 그런 개인적인 경험 때문인지 늘 먼저 다가와 인사하고 챙겨주는 고마운 친구다.

“나 지금 시간 좀 있는데, 우리 커피 한잔할까?”

그리고 가끔 이렇게 내 독일어 회화 상대를 자처해 주니 어찌 고마워하지 않을 수 있겠는가. 학교 앞 카페에 앉자마자 지난 겨울방학, 다가올 여름방학 계획은 물론 이러저러한 학교 관련 이야기로 수다 보따리를 한바탕 풀었다. 요즘 우리의 가장 큰 관심사는 초등학교 졸업반인 아이들이 어느 상급 학교에 진학하느냐 하는 문제다. 대부분의 독일 초등학교는 4년제라, 아이들이 입학한 게 엊그제 같은데 벌써 졸업을 코앞에 두고 있다. 내 눈에는 아직 4학년 어린아이인데 벌써 졸업이라니… 괜히 아쉬운 마음이 든다.

“그래도 한 학교에서 같은 선생님이랑 친구들하고 지내는 건 4년이면 충분하지 뭐. 옛날 동독 시절에는 한 학교에서 10학년까지 다녀야 했대. 우리 애는 졸업하면 그 무서운 ‘동독 스타일’ 미술 선생님을 안 봐도 된다고 좋아하는걸."

"맞아, 그건 우리 아들도 마찬가지야."

바바라의 말에 맞장구를 치는데, 바바라의 말 한마디가 뇌리에 박힌다.

'동독 스타일 선생님'

왠지 모르게 저 말이 참 거슬린다. 사실 얼마 전 있었던 담임 선생님과의 면담에서도 들었던 말이었다. 처음 들었을 때는 무심코 지나쳤는데, 오늘 다른 학부모에게 또 들으니 의아하다 못해, 걱정스럽기까지 하다.

며칠 전, 한 학기에 한 번 있는 담임 선생님과의 면담 시간이었다. 선생님은 아이가 혹시 학교에 대해 불평하는 게 있냐고 물었다. 고자질하는 것 같아 망설이다가 "아이가 미술 시간을 별로 좋아하지 않아요"라고 어렵사리 털어놓았다. 그랬더니 선생님은 이미 알고 있었다는 눈빛으로 대답했다.

"걱정하지 마세요. 조슈아가 수업 태도가 나빠서 그런 게 아니에요. 다른 아이들도 미술 선생님을 다 무서워해요. 사실 좋으신 분인데…

동독 시절에 교대를 다니시고, 그때 오랜 시간 동안 교직에 계셨었거든요. 그래서인지 요즘 아이들이 다들 어려워하는 부분이 없지 않아 있어요."

농담 반, 진담 반이 섞인 바바라의 말에도, 담임 선생님의 친절한 대답에도 나는 안심해야 할지 말아야 할지 혼란스러웠다. 동독 선생님이라니, 아무리 지금 살고 있는 라이프치히가 구동독 지역이라 해도 그렇지. 동독은 25년도 더 된 역사 속의 무너진 나라가 아니던가. 분단 독일이라는 옛날이야기가 어린 내 아들에게까지 영향을 미치리라고는 상상도 하지 못했다. 더군다나 우리는 여기서 외국인이지 않은가? 이제껏 독일의 분단 과거사와 우리 가족을 연결 지어 생각해 본 적은 단 한 번도 없었다. 그런데 내 아이가 '동독 선생님'한테 수업받고 있다는 걸 마주하게 되니 혼란스러웠다. 매해 6월이 되면 초등학교에서 시뻘건 반공 포스터를 그리고, 반공 웅변대회에 나가서 앙칼진 목소리로 '공산당은 싫어요'를 외치던 나에게는 시쳇말로 '멘붕' 그 자체였다.

맹자의 어머니도 아들 교육을 위해 이사를 다녔다는데, 나는 어찌해야 하는 걸까. 수많은 질문이 꼬리에 꼬리를 물며 머릿속을 맴돌았다. 통일된 지가 언제인데, 어째서 교육 현장에는 아직도 동독의 흔적이 남아 있는 걸까? 구동독에서 학교에 다녔다고 차별을 받거나, 자본주의 경쟁

사회에서 뒤처지는 건 아닐까? 그렇다면 동독의 흔적이 다 가시지 않은 이곳 학교에서 계속 아이들을 교육시켜도 될까? 외국인이라는 것도 어쩌면 불리한 점인데, 거기에 구동독 출신이라는 '핸디캡'을 주는 건 아닐까?

통일 이후 동독 교육의 변화

1989년 베를린 장벽이 무너지고 일 년 후 동서독이 통일되면서, 동독의 교육도 대대적인 개혁이 불가피했다. 말로는 동서독 교육 통합이라고 했지만, 실제로는 서독식 교육 제도를 동독에 적용시키는 '흡수통일' 형태로 교육 개혁이 진행되었다. 백년지대계라는 교육마저도 하루아침에 모든 것이 180도 바뀌었다. 이제 막 탁아소에 들어가는 아기들부터 한창 공부 중인 학생, 또 공부를 마친 후 사회생활을 하는 직장인까지, 거센 교육 개혁의 파도로부터 자유로운 사람은 한 명도 없었다.

구동독 교육 개혁은 사회주의 사상을 제거하는 것에서 시작됐다. 교육은 더 이상 국가에 충실한 구성원을 양성하는 도구로서 기능하지 않았다. 이데올로기와 교육이 분리되고, 중앙정부가 학교를 통제하는 시스템은 사라졌다. 공산 당원이었던 대부분의 학교장과 교감은 모두 해고되었고, 동독의 비밀경찰 슈타지에 협조하던 교육인들도 지위고하를 막론하고 모두 자리에서 쫓겨났다. 이 과정에서 동독 교원의 20%가 직장을 잃었다고 한다. 해고되지 않고 교단에 남은 구동독 교사는 모두 재교육의 과정을 거쳐야 했다. 교사들은 재교육을 통해 그동안 그들의 삶과 생각에 깊게 뿌리내린 사회주의 이데올로기를 지워 버리고, 서독에서 요구하는 교육자로서의 자질을 키워야 했다.

어린 학생들에게 사회주의 이데올로기를 주입시키는 군사 과목과 국가 시민 과목은 바로 없어졌다. 편향된 시각에 기초한 독일어, 역사, 사회 및 경제 관련 과목도 대폭 수정되었다. 보이 스카우트의 사회주의 버전인 자유독일청년연맹(FDJ)을 비롯해 이데올로기 함양을 목적으로 하는 각종 학생 단체들도 이 과정에서 모두 해체되었다. 더불어 소련의 영향 아래 필수 과목이었던 러시아어를 밀어내고, 대신 영어가 필수 과목으로 제1외국어 자리를 꿰찼다. 프랑스어, 그리스어, 라틴어 등 동독 교육체제 하에서는 허락되지 않았던 서방국가의 언어 과목도 신설되었다. 더불어 기독교 가치와 전통을 중시하는 서독의 영향으로 그간 금기되었던 종교(윤리)가 학교 교과 과목으로 채택되었다.

구동독의 교육을 다시 보다

이러한 교육 개혁을 통해 외형적으로 동서독은 비슷한 교육 시스템과

교과 과정을 갖추게 되었다. 평화롭게 통일을 이룩했고, 모두가 행복한 장밋빛을 꿈꿨다. 하지만 구동독 지역에 살던 이들은 박탈감과 좌절감에서 자유롭지 못했다. 자신이 살던 나라는 실패해 사라지고, 승자 서독의 모든 것을 받아들여야 했다. 동독의 것은 무엇이든 부끄러워해야만 하는 낡은 유물이 되어버린 것이다. 부푼 꿈과 희망을 안고 서독으로 이주했지만, 그곳 사람들은 동독 출신들을 세상 물정에 어두운 사람으로 업신여기며 오시(Ossi)라 불렀다. 다소 느리고, 말끝을 흘려버리는 듯한 작센 사투리 때문에 동독 출신들은 어리숙하다는 이미지가 더욱 강해졌다. TV 드라마나 각종 개그 프로그램에서 '바보 멍청이' 캐릭터들은 모두 작센, 즉 동독 사투리로 말을 했다. 사람들은 그런 어리숙한 동독 말투로 바보짓을 하는 캐릭터를 보며 깔깔거렸고, 동독 출신들은 창피해 할 수밖에 없었다. 나라도 무너지고, 경제도 무너지고, 자존심도 무너질 대로 무너졌다.

하지만 최근 들어 구동독의 교육이 다시 주목을 받으면서, 지역민들의 자존심이 조금씩 회복되고 있는 듯하다.

첫 번째로 구동독 지역 중고등 학생들의 높은 학업 성취도가 주목을 받고 있다. OECD 학업성취도 순위(PISA Study)에서 구동독의 5개 주가 서독보다 월등하다는 결과가 나왔다. 특히 라이프치히가 속한 작센주는 수학과 모국어 독해력의 경우 독일 랭킹 1위이고, 자연과학 분야의 경우는 독일 1등은 물론이고 세계적으로도 최상위 그룹에서 순위를 다투고 있다. 구동독 학생들의 높은 학업 성취도를 칭찬하는 뉴스나 신문 기사를 어렵지 않게 찾을 수 있다. 불과 이십여 년 전, 동독은 서독의 교육 모델을 배웠지만 이제는 상황이 역전되어 구서독이 구동독 지역의 교육을 벤치마킹해야 한다는 목소리가 커지고 있다. 이런 현상이 어떻게 일어난 것일까?

서독에 흡수되는 형식으로 교육 통일이 이뤄졌지만, 연방제인 독일에서 교육은 지방 정부가 담당하고 있어 주마다 약간씩 차이가 있다. 그러면서 자연스레 구동독 지역에서는 옛 교육의 흔적이 남게 되었다. 그중 하나가 수학 및 과학 교육에 대한 높은 관심이다. 과거 동독 시절에는 실생활 개선에 기여하는 기술 및 공학을 중요시했다. 그래서 초-중-고등학교를 합친 10년제 종합기술학교에서는 수학과 과학을 중점적으로 가르쳤었는데, 그 전통이 여전히 반영되었다고 한다. 물리, 화학, 생물 등의 과목이 구서독에서는 선택 과목인데 반해, 구동독에서는 필수 과목으로 지정되어 있다. 그리고 과학 관련 과목의 주당 수업 시간도 서독보다 평균 3~5시간 더 많다. 이것이 작센의 중고등학생이 수학과 과학 분야에서 강세를 보이는 이유다.

구체적인 연구 사례는 찾기가 쉽지 않지만, 언론은 구동독의 다소 딱딱하고 진지한 학습 분위기도 이곳 학생들의 높은 학습 성취도와 무관하지 않다고 분석하고 있다. '요즘 아이들은 참 문제다' 하는 것은 동서고금을 막론한 진리라고 하지 않는가? 독일도 되바라지고 다루기 힘든 요즘 아이들에 대한 걱정이 크다. 그 어느 세대보다도 풍족하고 부족함 없이 크는데, 자기들 하고 싶은 것만 하고, 공부는 등한시하는 철부지들이라며 걱정이다. 게다가 집에서 애지중지, 오냐오냐 커서 학교에서도 선생님 무서운 줄 모른다고 한다. 버릇없는 아이들 때문에 교권은 추락하고, 교사는 기피 직종이 되어 버린 지 오래라며 한탄한다.

하지만 구동독 지역에서는 훈육을 무조건 경계하지 않는다고 언론은 이야기하고 있다. 필요할 때는 선생님이 교실에서 큰소리를 치는 것도 허락되는 분위기라고 한다. 물론 강압적인 분위기로 아이들의 자율성과 창의성을 해치는 과거 동독의 주입식 교육에는 반대한다. 하지만 사람이라면 때론 힘들고 하기 싫은 것도 할 줄 알아야 하는 법 아니겠는가? 학생들의 창의성이나 다양성을 존중하면서도, 교사로서의 권위를 갖고 진지한 학습 분위기를 이끌어 갈 수 있는 '동독 스타일' 선생님이라면 나 역시 마다하지 않을 것이다.

다시 인정받는 동독의 보육

통일 독일이 주목하고 있는 구동독의 또 하나의 교육 관련 분야는 바로 동독 지역의 탄탄한 보육제도다. 2차 세계대전 동안 전장에 나간 남자들을 대신해 많은 여성이 사회에 진출했고, 전쟁 후 유럽의 많은 나라는 이미 사회에 진출한 여성들의 지위와 권리를 인정해 주었다. 하지만 독일은 프랑스나 스웨덴 등 유럽의 이웃 나라들과는 다른 행보를 선택했다. 기독교와 가족 등의 전통적인 가치를 중시하는 보수 정권이 전후 독일(서독)을 추스르면서 많은 법과 제도에서 성 역할이 공고화됐다. 즉 일을 하는 것은 남자의 몫, 결혼해서 아이들을 돌보는 것은 여자의 몫이라는 인식이 강해졌다. 서독에서 여성들의 역할은 3K로 한정됐다. 바로 교회(Kirche), 자녀(Kinder), 부엌(Küche)이다. 어린 자녀들은 가정의 울타리 안에서 엄마나 할머니의 보살핌을 받아야 한다고 생각했고, 유치원과 학교는 반일제로 운영되었다. 어린 자녀들을 어린이집이나 방과 후 교실에 맡기면서까지 엄마가 일을 계속하는 것은 뭔가 도발적이고 사회주의적인 것으로 여기는 분위기가 만연했다.

21세기가 되고 나서 가부장적인 제도들이 철폐되고, 여성의 경제활동을 지원하는 시스템도 많이 도입되었다. 하지만 3K의 테두리에 가둔 좋은 엄마라는 고정관념은 화석처럼 견고하고, 영유아 돌봄 기관이나 초등학교 방과 후 교실과 같은 인프라의 확장은 더디기만 했다. 그 결과 독일은 오랫동안 유럽 내에서 출산율 꼴찌를 면치 못하고 있고, 특히 고학력 여성의 낮은 출산율은 현재도 매우 심각한 수준이다.

신성한 노동, 일하는 엄마

이와 반대로 전쟁 후 공산주의 이념으로 무장한 동독에서 노동은 신성했다. 그리고 신성한 노동을 함에 있어 남녀 구별은 없었다. 아이를 낳은 엄마이든 아니든 사회를 위해서 누구나 일을 해야만 했다. 따라서 부모가 일하는 동안 아이를 맡아줄 탁아 시설 및 초등학교 방과 후 돌봄교실 시스템 역시 정부의 진두지휘 아래 체계적으로 갖춰지게 되었다. 물론 이것이 일하고 싶어 하는 여성들의 사회참여를 돕기 위한 순수한 의도라고 만은 말할 수 없다. 동서독 분단 당시 동독에서 개개인의 의사는 별로 중요치 않았기 때문이다. 갓 아이를 품에 안은 엄마가 아이를 직접 돌보고 싶은지, 아니면 육아보다는 다시 사회에 나가 일을 하고 싶은지 헤아리지는 않았다. 동독의 공보육은 그저 성인 여성의 노동력을 조금이라도 낭비하지 않겠다는, 다소 비인간적인 시스템이기도 했다.

통일 직후 동독 경제가 붕괴되면서 직장 내 탁아소의 대다수가 폐쇄되었다. 하지만 시와 민간 분야가 이미 확충된 보육 시설과 인력을 넘겨

받으면서, 0세반부터 운영되는 유치원과 초등학교 내 돌봄교실은 큰 공백 없이 제자리를 잡았다. 부모가 일하는 동안 큰 비용을 부담하지 않고, 마음 놓고 아이를 맡길 수 있는 보육 시스템은 복지의 척도로 전 세계 모든 나라가 바라는 바가 아니던가? 아이러니하게도 지금 구서독이 부러워하는 이곳의 보육제도는 구동독이 남겨준 유산인 셈이다.

동독에서 공부하는 게 뭐 어때서?

며칠 전 학교에서 돌아온 큰아이가 퀴즈를 냈다.

"엄마, 작센주에서 처음으로 만든 발명품이 뭔지 알아?"

아이는 신나서 질문을 하는데, 정작 나는 떠오르는 게 하나도 없었다.

"엄마, 엄청 많아. 손목시계, 치약, 티백, 그리고 보온병도 작센에서 처음으로 발명되었대. 그리고 엄마가 쓰는 빨래 세제도 여기서 발명되었고, 카메라도 옛날엔 엄청 커서 어깨에 메고 다녔는데 여기서 손에 들고 다니는 쪼그만 카메라도 처음 만들었대. 드럼세탁기랑 냉장고도!"

그 뒤로도 몇몇 개의 발명품을 더 읊던 아이가 한마디 한다.

“작센 사람들 똑똑하다. 이런 것도 만들고. 나도 뭐 좋은 거 발명해야지”

나도 몰랐는데, 우리가 실생활에서 늘 쓰는 많은 물건들이 이곳에서 발명되었다는 것이 새삼 신기했다. 그리고 불현듯 작센이 엔지니어의 본고장이라며 자랑스러워하시던 옛 어학원 선생님이 생각났다. 백발이 성성하신 선생님은 동독 시절 교사였는데, 그 시절의 학교 교육이 얼마나 좋았는지 종종 이야기하곤 했다. 지금은 교육 강국이 된 핀란드가 교육 수준을 높이기 위한 개혁을 감행하던 60~70년대 서독이 아니라 동독의 학교를 방문해서 보고 배워 갔다고 강조하셨다. 사실 그땐, 무조건 옛날이 좋았다 하시는 나이 드신 분의 아련한 향수이겠거니 했다. 그런데 내 아이가 이곳에서 유치원도 다니고 학교도 다니는 모습을 보면서 동독의 흔적이 꼭 나쁜 것만은 아니라는 것을 경험하게 되었다.

지극히 개인적인 차원으로 돌아와, 나는 이곳에서 아이들이 계속 공부를 해도 좋다는 쪽으로 결론을 내렸다. 사회주의니 공산주의니 하는 이념과 관련된 것은 제거되었고, 남겨진 것은 전통적으로 강세를 보인 이공계 교육과 탄탄한 보육 시스템이다. 그렇다면 구동독 지역에서 학교를 나왔다고 독일 사회에서 차별을 받거나, 시대에 뒤처지는 일은 없지 않을까? 오히려 동서독 교육의 장단점을 서로 보완한 이곳이 아이들 교육에 더 적합한 곳이지 않을까 하는 기대감마저 들었다.

Wir sind das Volk
Visafrei bis Hawaii
RESSEFREIHEIT
KEINE GEWALT
STASI
Die Mauer muss weg
REIHEIT
BONZEN IN DIE PRODUKTION
NEUES FORUM
DEMOKRATIE
FREIE WAHLEN

두 번째 장벽: 대학

장벽의 흔적을 지우는 동서독 대학생들

글: 유진

공부하러 장벽 넘어가기

“라이프치히요? 거기 동독이잖아요. 분위기도 이상하고, 거기 사람들 외국인들도 별로 안 좋아하는데… 유진 씨 조심해야 해요.”

라이프치히를 가려는 내게 지인들이 한 말이다. 한국에서도 유명한 베를린자유대를 가야지 구동독이 웬 말이냐며 진지하게 다시 생각해 보라고 조언했다. 사람들은 라이프치히라는 도시, 라이프치히 대학의 이야기보다는 ‘동독’이라는 사실에 더 집중했다. 구동독의 폐쇄적이고 배타적인 이미지가 여전히 강했다. 그중 실제로 라이프치히를 가 본 이들은 많이 없었다.

라이프치히를 선택한 데는 말 그대로 '동독'이라는 이유가 컸다. 장벽 너머 동쪽이었지만 촛불시위로 통일의 시발점이 된 도시다. 그만큼 민주주의와 자유에 대한 열망이 넘실거렸던 곳이다. 라이프치히 대학은 하이델베르크 다음으로 독일에서 두 번째로 오래된 대학이지만, 통일 이후 깨끗하고 편리한 신식 건물이 들어서 있었다. 통일과 미디어를 주제로 독일에 온 나에게 여기만큼 적합한 도시는 없었다. 저렴한 생활비는 덤으로 따라오는 이득이었다.

하지만 독일의 젊은 세대에게 '통일'이라는 주제는 이제 더 이상 그렇게 중요하지 않다. 서독 출신 학생들은 나와 같은 이유로 동독을 선택하지는 않았다. 그래서일까. 소위 '베씨(Wessi)'의 동독행은 나보다 더한 역경과 비아냥을 이겨내야 했다.

"도대체 집을 떠나 동독이라니! 꼭 동독에서 공부를 해야겠니?"

가족들에게는 이런 소리를 들어야 했고,

"세상에··· 동독을 간다고? 너 미쳤어?"

친구들에게도 이런 소리를 들어야 했다.

동독에서 공부를 한다는 것은 동유럽 어디, 먼 동쪽 아시아 어디에서 공부를 하겠노라고 선언하는 것보다 더한 타박(?)을 듣는 일이었다. 어쩌면 외국인인 나보다 더 편견의 말을 많이 들었을 서독의 학생들. 통일 후 30여 년, 그들은 대학으로 가는 길에서 편견의 장벽을 먼저 넘어서야 했다. 뮌스터에서 라이프치히로 온 크리스티나는 처음 라이프치히로 올 때를 이렇게 기억한다.

"제가 라이프치히로 가겠다고 했을 때 친구들이 이렇게 말했죠. 신나치들이 많아서 조심해야 하고, 네가 정말 라이프치히로 가고 싶은 건지 진지하게 다시 생각해보라고요. 몇몇은 '거기 바나나 있어?'라고 농담도 했죠. 동독에 대한 아주 전형적인 이미지였어요. 제 어머니는 1961년생인데 지금 동독에서 사람들이 모든 것을 다 구입할 수 있다는 게 상상이 안 된다고 말하더라고요. 뭐 필요한 물품을 소포로 보내줘야 하냐고 진지하게 묻기도 했다니까요."

독일 서독에서 태어나 그곳에서 쭉 자라온 크리스티나는 라이프치히

대학에서 커뮤니케이션 미디어학 석사과정을 했다. 크리스티나는 라이프치히로 오면서 동독 지역에 처음으로 발을 디뎠다.

"일단 제가 원하는 석사 커리큘럼이 있는 대학이 많이 없었고요, 라이프치히에 면접을 보러 왔을 때 도시의 이미지가 너무 좋았어요. 밝고 깨끗했어요. 하노버에서도 면접을 봤는데, 도시의 분위기가 우중충한 게 별로였어요. 제가 느끼는 대로 라이프치히를 선택했죠."

크리스티나의 친구들은 '바나나 있냐'고 농담만 했지만, 카린의 친구들은 실제로 바나나와 커피를 소포로 부쳐주기까지 했다. 분단 시절 동독에서 구하기 어려웠던 것들이다. 사람들이 동독을 조롱할 때 자주 언급되는 소재다. 바이에른주의 작은 도시에 살던 카린에게 라이프치히는 그렇게 크지도 그렇게 작지도 않은, 공부하기 딱 좋은 규모의 도시였다. 편견 어린 소리를 듣고도 흔들림 없이 라이프치히로 온 서독 친구들의 삶은 꽤나 만족스럽다고 한다.

"라이프치히는 처음부터 만족스러웠어요. 아, 물론 극우 나치들과 작센 사투리가 있긴 하지만요(웃음). 월세도 훨씬 싸고요. 뮌스터와 그 주변 도시 방값은 여기에 비하면 엄청 비싸거든요. 동독 지역은 많은 곳이 다시 새롭게 지어졌다는 인상을 받았어요. 동독의 도시는 현대적이고 세련된 느낌이에요. 서쪽의 도시는 오히려 오래되어 낡고 지저분하죠."

"라이프치히는 정말 마음에 쏙 들어요. 학생들을 위한 공간도 많고, 좀 더 여유롭고 관용적입니다. 도시 규모도 큰 편이라 원한다면 각자 익명성을 가지면서도 살 수 있어요. 대학이 도시 중심에 있고 대중교통을 쉽게 오갈 수 있다는 것도 큰 장점이에요."

현실적인 대학생의 삶: 먹고, 자고, 공부하고

학생들로 꽉 차 자리 잡기도 힘든 강의실과 도서관, 짧게는 1년 길게는 2년을 기다려야 하는 학생 기숙사, 방 구하기 전쟁, 비싼 물가와 북적이는 도시. 이런 풍경은 서독 대도시의 대학생들에게나 익숙하다. 라이프치히에서 대학생의 삶은 그야말로 천국이다. 강조하건대, 독일이나 라이프치히에 대한 글을 쓰면서 독일을 찬양하는 글은 자제하고 또 자제해왔다. 하지만 자신 있게 이 '독뽕'을 드러낼 수 있는 부분이 바로 여기 대학생의 삶이다. 실제로도 경험했던 이곳, 동독 라이프치히에서의 삶.

라이프치히 학생 기숙사는 신청하면 대기 기간 없이 바로 입주할 수 있다. 몇몇 신축 기숙사는 300유로에서 400유로 정도로 상당한(?) 비용이 들지만 대부분의 대학 기숙사는 여전히 200유로 내외에 머문다.

Neues
Augusteum

Hörsaalgebäude

나는 한 달에 180유로 하는 기숙사에서 살았다. 우리나라 돈으로 23만 원쯤 한다. 보증금은 300유로. 독일은 보통 석 달 치 방값을 보증금으로 내는데, 학생들에게는 성의만 보는 것 같다. 추가로 내야 하는 세금이 없고 인터넷이 포함된 비용이다. 넓은 창으로 햇볕이 들어오고, 겨울에는 난방 걱정이 없다. 필요한 가구는 모두 구비되어 있다.

독일의 공동 주거 형태인 '베게(WG, Wohngemeinschaft)'도 다른 도시에 비해서는 저렴하다. 보통 한 사람이 방 하나를 쓰고 부엌과 화장실 등의 공간을 공유한다. 베를린 등 대도시에서 베게를 구하려면 인당 최소 450유로는 생각해야 한다. 라이프치히는 300유로대면 아직도 베게 방 한 칸을 구할 수 있다. 기숙사에 1년 정도 살다가 베게 방을 한 번 찾아본 적이 있었다. 가끔 150유로 같은 말도 안 되는 가격대가 있었는데, 오래된 주택으로 난방으로 땔감을 때는 집이라고. 주말마다 땔감을 구하러 함께 숲에 간다니 나름 추억이 되겠는걸? 하는 생각에 혹하기도 했지만 결국 마음 편한 기숙사에 머물렀다.

교통비가 들지 않는 것은 독일 전역 대학생들의 공통 조건이다. 교통비가 '공짜'라기보다는 학기 등록금에 포함되어 있다. 라이프치히 대학의 한 학기 등록금은 2019년 기준 210유로. 매년 조금씩 오르고 있는데, 이중 절반은 한 학기, 즉 6개월간의 교통비다. 그런데 이 등록금도 비싸다고 불만인 학생들이 있다. 바로 자전거를 타는 친구들이다. 독일에서는 걸음마만 떼면 자전거부터 배운다. 심지어 처음부터 두발자전거다. 자전거를 타고 학교에 다니는 이들에게 대중교통 비용은 불필요한 지출이다. 비싼(?) 등록금에서 교통비를 빼 달라고 요구하는 목소리가 종종 들리는 이유다.

독일은 책값이 비싼 편이다. 하지만 전공 서적을 사라고 요구하는 교수님은 한 번도 만나지 못했다. 수업에 필요한 대부분의 자료를 복사물이나 파일 형식으로 제공한다. 전공서는 도서관에 가면 빌려볼 수 있다. 수강생이 많은 교양 과목의 전공 서적은 도서관 서가 한 쪽을 다 채울 정도로 넉넉하게 구비되어 있다. 이 중 일부는 대여 자체가 불가능하고 도서관 내에서만 볼 수 있다. 책이 없어 발을 동동 구르는 경우가 잘 없다. 도서관 운영은 24시간. 원하는 만큼 마음껏 공부할 수 있다.

공부하다 배가 고프면 대학 식당인 멘자(Mensa)로 간다. 메인 메뉴에 디저트나 마실 것까지 4유로면 배부르게 한 끼를 해결할 수 있는데, 이마저도 왠지 호사스럽게 느껴진다. 파스타를 좋아해서 주로 파스타 메뉴를 먹었다. 다양한 소스와 면 종류가 있었는데 양껏 담아 한 접시에 1.9유로였다. 1.9유로여서 더 좋아했던 것 같다.

Durchgehend
geöffnet!
Kampagn
Fairtrad
Universities
WIR SIN
FAIRTRAD
UNIVERSIT

장바구니 물가도 서독 도시에 비해서는 저렴한 편이다. 같은 슈퍼마켓 브랜드라도 도시별로 가격이 조금씩 다르다. 독일은 채소, 과일, 고기, 빵 등 기본적인 식료품과 치약, 샴푸, 세제, 생리대 등 생필품까지 전반적인 물가가 낮다. 물론 유기농이나 고급스러운 브랜드도 많다. 중요한 것은 각자의 처지대로 선택할 수 있는 범위가 넓다는 점이다.

독일은 사실 어느 도시에 살든지 학생으로 사는 것이 가장 좋다고 한다. 학생들에게 주어지는 많은 혜택, 독일 친구들은 무이자 학생 지원금 '바펙(Bafög)'을 받으며 얼마 안 되는 생활비도 스스로 충당하면서 공부할 수 있다. 취직을 하면 갚아 나가고, 성적이 좋으면 절반만 갚아도 된다. 나와 함께 공부했던 클라우디아는 당시 24살이었는데 '킨더겔트(Kindergeld)'를 받고 있었다. 아동보조금이다. 나와 같이 석사과정을 하는 친구인데 '아동'보조금을 받는다고? 그 말을 듣고는 눈이 휘둥그레져서 친구를 쳐다봤다. 아동보조금은 대상자가 계속 교육을 받고 있는 경우 25살까지 지원된다. 독일은 학사과정이 3년이다. 이론적으로는 취업을 하지 않는 이상 자녀가 석사과정을 마칠 때까지 킨더겔트가 지원되는 셈이다. 클라우디아는 바펙을 받고, 거기에 킨더겔트를 더 해서 생활비를 충당하고 있었다.

학생에 대한 기본적인 안전망을 바탕으로 동독의 저렴한 물가, 훌륭한 학업 분위기가 더해진다. 깨끗하고 밝은 시내와 곳곳에 흩어져있는 대안적인 공간들은 삶의 질을 더욱 높여주는 요소다.

라이프치히 대학의 역사: 1번의 파괴, 2번의 폭발

통일 이후 라이프치히 시내 곳곳에는 재건축과 각종 공사가 끊이지 않았다. 동독 사회주의 분위기를 없애고, 그 이전의 전통적인 모습이나 아니면 현대적으로 재건하려는 시도가 있었다. 라이프치히 '시내'는 그래서 오히려 깨끗한 새 도시의 분위기가 난다. 그 대표적인 예가 라이프치히 대학 건물이다.

라이프치히 시내 길목에 간판처럼 서 있는 대학 건물. 라이프치히, 아니 동독 전체를 통틀어도 가장 현대적이고 세련된 건축물로 꼽힐 것이다. 처음 라이프치히에 면접을 보러 왔을 때 이 건물을 보자마자 마음을 굳혔던 것 같다. 세상에, 이런 멋진 건물에서 공부할 수 있다니!

라이프치히 대학 건물을 보면 '너무 오래되어서 새로 지었나?'라고 쉽게 넘기기 쉽다. 이 건물이 독일 역사의 숱한 상처를 안고 있는 걸 아는 사람은 그리 많지 않다. 나치와 전쟁, 동독을 거쳐 통일 이후의 오늘까지, 이 건물은 세상의 이념에 따라 수차례 폭파되었고, 다른 색깔의

깃발을 꽂아야 했다.

1945년, 라이프치히 대학은 전쟁의 잔해 속에 놓여있었다. 당시 대학 건물의 60%가 파괴되었고 소장 도서의 70%가 소실됐다고 한다. 전쟁 직전 이곳에는 나치의 깃발이 걸려있었다. 유대인 교수들은 쫓겨났고, 남아있는 교수들은 나치에 복종했다. 일부는 나치당 당원으로 가입해 적극적인 충성에 나섰다. 그렇게 교수직을 지켰다. 당시 저항했던 몇 안 되는 학자 중 한 명이었던 테오도어 리트(Theodor Litt)는 1934년 이렇게 말했다.

"나는 확신한다. 만약 독일 교수들이 그런 파렴치한 것들에 처음부터 품위 있게 저항했다면, 그런 많은 일들은 일어나지 않았을 것이라고. 지금 독일 학계에서 발견되는 품위 상실의 모습은 말할 수 없을 정도로 부끄럽다."

전쟁이 끝나고 라이프치히는 마르크스주의와 레닌주의를 받아들인 동독의 지배하에 놓였다. 라이프치히 대학교는 이제 나치를 상징하는 갈색 재킷을 벗고 붉은 재킷을 걸쳐야 했다. 동베를린의 훔볼트 대학과 함께 라이프치히 대학은 동독 마르크스주의를 대표하는 사상 교육기관으로 기능했다. 라이프치히 대학은 이어 새로운 이름을 부여받았다.

'카를 마르크스 대학 (Karl-Marx-Universität)'. 카를 마르크스 대학에는 새로운 학문이 생겼다. 사회학(Gesellschaftswissenschaft), 오늘날의 사회학과는 좀 다르다. 오로지 마르크스의 철학과 사회주의 사상을 견고히 하기 위한 목적으로 생겨난 학과다. 저널리즘학과도 새로 들어섰다. 동독 공산당에 충성할 기자들을 길러내기 위한 목적이었다. 사회주의 저널리즘을 위한 용어 책도 펴냈다. 동독 시절 활동하던 기자들은 대부분 라이프치히 대학교의 저널리즘학과 출신이었고, 사람들은 그곳을 '붉은 사원(Rotes Kloster)'이라 불렀다.

동독의 지배하에 있었지만 대학교는 학문적인 교류를 계속 이어갔다. 문학과 교수로 당대 저명한 학자였던 한스 마이어(Hans Mayer), 철학과 에언스트 블로흐(Ernst Bloch) 교수를 받아들이고 동서독 간의 학자 교류를 허용했다. 처음엔 그랬다. 한스 마이어의 40호 강의실에는 학생들이 빼곡히 찼고, 서독의 지식인들이 오가며 강의를 했다고 한다. 하지만 시간이 갈수록 동독은 폐쇄되어갔고 이 영향력 있는 학자들을 둘러싼 동독의 경계와 감시도 심해졌다. 1963년 서독에서 열린 회의에 참석한 한스 마이어는 동독으로 다시 돌아가지 않았다.

이념이 파괴한 대학

1968년 5월 30일, 라이프치히 시내 한중간에서 거대한 폭발음이 울렸다. 전쟁을 거치면서도 살아남았던 대학 교회, 파울리너교회(Paulinerkirche)가 폭파되어 무너져 내린 것이다. 대학 본관 건물에 바로 이어져 있던 라이프치히의 상징이었다. 폭파된 이유는 간단했다.

"Das Ding muss weg! (저건 없애야 해!)"

공산당 서기장으로 베를린 장벽을 세운 발터 울브리히트(Walter Ulbricht)의 한마디 때문이었다. 그의 한마디에 500여 년간 라이프치히 대학의 삶 그 자체였던 대학 교회가 공중분해 되었다. 학생들과 시민들은 저항했지만 소용이 없었다.

'라이프치히 시민 여러분! 대학 교회 폭발은 문화적 수치입니다!'

손으로 쓴 전단이 나붙었다. 30명이 넘는 시민들이 경찰에 체포되었고 폭발 작업은 예정대로 진행됐다. 라이프치히 시민들은 150m 밖에서 라이프치히 도시의 정체성이었던 그 대학 교회의 붕괴를 바라볼 수밖에 없었다. 이후 학자들은 그 사건을 두고 '교회 살해'라고 불렀다.

교회가 사라진 자리에는 직사각형의 사회주의식 건물과 거대한 마르크스 기념 동상이 세워졌다. 카를 마르크스 대학은 그 이름에 걸맞은 대학 건물을 가지게 되었다.

저항한 학생, 복종한 교수들

동독 초기부터 라이프치히 대학생들은 동독 정권에 맞섰다. 대학을 통제하려는 동독을 비판하고 학문의 자유를 지키고자 했다. 라이프치히 대학교 학생회장이었던 볼프강 나토넥은 동독 공산당에 저항하다 징역형을 받았고, 학내 자유선거를 외치던 허버트 벨터는 사형 선고를 받고 처형당했다. 당시 저항하고 희생되었던 학생들을 기리는 곳이 아직도 학교에 남아있다.

'독일 통일에, 라이프치히 평화 혁명에 대학이 분명 큰 역할을 했겠지?'

라이프치히 대학의 이야기를 찾으면서 이렇게 생각했다. 대학이라면, 지성이 모인 곳이라면 응당 그랬으리라 생각했기 때문이다. 나의 예상은 빗나갔다. 통일이 임박할 때까지, 카를 마르크스 대학교수의 80%가 동독 공산당 당원이었다. 학생들은 민주주의와 자유를 외치며 체포되고 있었던 그때 말이다. 라이프치히에서 평화혁명을 이끈 수많은 사람들은

Cafeteria

lwb
Zuhause in Leipzig

교수나 지식인들보다 말 그대로 군중들이었고, 시민들이었다. 통일 이후 중부 독일 방송(MDR)은 "라이프치히가 평화혁명의 중심이 되었을 때, 그 실질적인 자극이 대학으로부터 나왔다고 이야기할 수는 없다"고 평가한다.

대학으로서는 뼈아픈 이야기다. 물론 대학의 구성원인 학생들, 그리고 일부 교수들은 평화혁명의 시민들 속에 있었을 것이다. 하지만 교수의 80%가 동독 공산당원이었던 그 대학 조직은 대학 앞에서 넘실거리던 평화 촛불의 행렬을 불안한 눈빛으로 바라보고 있었을 것이 분명하다. 통일 이후 교수를 포함한 1만여 명의 직원 중 7,000여 명이 자리에서 쫓겨났다. 그 자리를 대부분 서독에서 온 학자들이 채웠다. 하지만 또 모를 일이다. 나치에 충성하다 다시 동독에 충성하다 통일 이후까지도 자리를 지킨 이들이 있을지는 말이다.

장벽이 무너진 이후 라이프치히 곳곳에 있던 마르크스 동상은 철거됐다. 하지만 대학 정문에 붙어있는 거대한 동상은 갈 곳을 찾지 못하고 있었다. 시민들은 폭파된 교회를 기려 마르크스 동상 위에 붉은 철근을 설치했다. 마르크스 동상과 교회의 상징이 교차된 이 풍경을 두고 재독 작가 강유일 교수는 이렇게 썼다.

"그리하여 마르크스 조각과 교회 상징물은 그렇게 서로 뒤엉킨 채 시대의 이념에 따라 진저리치는 가치의 교란을 잘 웅변해 주고 있다."

라이프치히 대학 입구를 지키던 마르크스 동상은 지금 도시의 한구석으로 밀려났다. 차마 깨부수지는 못했던 역사의 흔적을 라이프치히는 그대로 옮겨 대학 한 모퉁이에 전시하고 있다. 쉽게 발길이 닿지 않는 곳에 마르크스 동상은 쓸쓸히 서 있다. 하지만 사라지지는 않았다. 라이프치히 대학은 그 길고 힘들었던 역사를 간직한 채 지금의 현대적인 건물로 재탄생했다. 반짝거리는 이 새로운 건물은 전쟁과 이념에 짓이겨진 도시, 라이프치히의 변화, 그 자체다.

대학이 있는 도시, 청년들이 있는 도시

풍문으로만 떠돌던 독일 극우당 '독일을 위한 대안'은 구동독 대표 지역인 작센주를 등에 업고 세를 불리고 있었다. 그들이 2017년 9월 총선에서 독일 의회 제3당으로 입성했을 때, 구동독에 살던 수많은 학생들과 외국인 거주자들은 충격을 감추지 못했다. 이곳은 결국 '구동독'인가. 구동독은 역시 신나치와 극우주의자들의 도시인가. 우리는 이곳을 떠나야 하나.

라이프치히에서는 하지만 조금 다른 기류가 흘렀다. 구동독 작센주에 속해 있지만 라이프치히, 특히 청년층이 많이 사는 라이프치히 도심은 극우파가 아닌 좌파당이 의석을 차지했기 때문이다. 라이프치히 대학을 중심으로 유입된 젊은 세대들과 평화 통일을 이뤄낸 도시의 자부심이 만들어낸 결과였다. 라이프치히 친구들은 '라이프치히만큼(?)은 안전하다'며 위안 삼았다. '작센주는 따로 독립해서 나가고, 라이프치히 도심에 다시 장벽을 세우자'는 우스갯소리도 나왔다.

동독 중에서도 라이프치히는 특별했다. 작센주의 주도인 드레스덴과는 달랐다. 드레스덴은 산으로 막혀 서독 방송과 라디오를 들을 수 없었고, 가장 큰 교육기관은 과학 기술 중심의 공대였다. 반면 라이프치히 사람들은 서독 방송을 들을 수 있었다. 장벽 틈으로 새어 나오는 서독 방송을 들을 수 있다는 것, 청년들이 모이고 사회와 세계에 대해서 대화할 수 있는 대학이 있다는 것, 같은 작센주에 있으면서도 라이프치히와 드레스덴을 전혀 다른 풍경의 도시로 만든 요인이었다. 통일의 시발점이 된 촛불 혁명의 한가운데 서 있던 이들도, 통일 후 동서를 넘나들며 장벽의 흔적을 지우는 이들도 모두 라이프치히의 학생들이었다.

"동독 대학으로 오세요!"

편견의 장벽을 뚫고 동독의 대학으로 온 서독 친구들이 많지만, 통계적으로 보면 또 그렇게 높은 수치는 아니다. 서독에서 동독으로 와서 공부하는 학생들보다, 동독에서 서독으로 가서 공부하는 학생이 더 많다. 2016년 독일 학생복지처 연합(Deutsches Studentenwerk)이 전국 대학생들을 대상으로 실시한 설문조사 결과에 따르면 서독에서 동독으로 진학한 학생 수는 응답자의 5%에 불과하다. 반면 동독 학생의 3분의 1이 서독 지역의 대학교로 진학했다. 앞에 구구절절 자랑해 놓았던 동독의 장점이 무색해지는 수치다. 전문가들은 이런 결과에 대해서 동독에 대한 일반적인 편견은 물론 특히 서독의 가정 내에서 편견이 더욱 강하게 작용한다고 설명한다. 이런 편견을 뚫고 동독으로 오는 건 큰 용기가 필요한 일이다.

2000년대 중후반부터 작센주는 서독의 학생들을 끌어모으기 위해서 캠페인을 벌여왔다. "작센에서 공부하세요! (Pack dein Studium - Am besten in Sachsen)" 이 캠페인은 왠지 슬프게도 10여 년이 지난 지금도 이어지고 있다. 그걸로도 모자라다. 최근에는 작센주뿐 아니라 구동독 지역 전체 5개 주가 힘을 합친 새로운 캠페인이 등장했다. "먼 동쪽에서 공부하세요. (Studieren in Fernost)" 처음 이 문구를 듣고 나는 한국을 홍보하는 건가 생각했다. 독일에서 '먼 동쪽'은 극동지역, 한국을 지칭하는 경우가 많기 때문이다. 아니었다. 구동독 지역을 비유적으로 표현한 것이었다. 그렇다. 많은 서독 학생들에게 구동독은 여전히 극동 지역과 다를 바 없었다. 거기다가 최근 극우파들의 본거지라는 오명까지 뒤집어썼으니 구동독의 앞날이 밝지만은 않다. 동독에서 공부해볼까? 라고 생각했던 친구들이 점점 더 심해지는 가족들의 우려에 마음을 접을지도 모르는 일이다. 동독의 대학은 과연 동서의 장벽을 허물어낼 수 있을까?

세 번째 장벽: 도시재생

동독의 예술, 장벽을 넘는 무지개 사다리

글: 병우

회색 하늘, 회색 도시

분단 시절 라이프치히는 분명 '차가운' 회색 도시였다. 그곳에선 색깔을 뽐낼 기회가 많지 않았다. 예술은 사회주의의 눈으로 보았을 때 인민을 나약하게 만드는 존재였다. 따라서 예술은 배척해야 할 대상이었지만 동시에 그만큼 인민의 감정을 통제하기에 효율적인 도구이기도 했다. 대중이 이해하기 어려운 새로운 예술 장르보다 강렬한 시각효과를 가진 전통적 회화가 주도적이었던 건 그런 점에서 당연한 결과인지도 모른다. '제조업' 중심의 공산주의와 거기에 동력을 실어줄 선전선동의

residenz
schauspiel leipzig
18 E
6c
KLAVIERHAUS
Michael Fiech
friebe & partner
STEUERBERATER · RECHTSANWALT
18
CCC
COMPETENCE CALL CENTER
18
HALLE 14
ZENTRUM FÜR ZEITGENÖSSISCHE KUNST
CENTRE FOR CONTEMPORARY ART
HALLE14.ORG
14
Saxony ducks
GELA - HÜTE
21
firetube OFENMANUFAKTUR
21A
SPINLAB
14B
THE GRASS IS GREENER
10E
GVD Die Druckerei
18
Galerie b2_
20
TDW WERKSTATTGEMEINSCHAFT WÄCHTER / WIRTH
20
Josef Filipp Galerie
20
SCHWARZ WEISS
WERKSTATT · GALERIE
20
Kocéa Schmuckwerkstatt
20
Schauspiel Leipzig

4 PEOPLE
birthday suits
inter shop
KERAMIK
KUECHE
Offene
Ateliers
/Open
Studios
Aufgang
/Entry 14 C

'회화'. 숙명과도 같은 이 조합은 오늘날 라이프치히에서도 쉽게 찾아볼 수 있다.

화려한 흉물들의 거리에서

라이프치히 중심가에서 정남쪽으로 곧게 뻗은 길을 걷다 보면 '칼 립크네히트 거리(Karl-Liebknecht-Straße, 이하 칼리)'를 만날 수 있다. 칼리 거리에선 '화려한 흉물'들을 어렵지 않게 발견하게 된다. 동독 시절엔 공장 또는 정치적 공간이었지만 현재 사회문화센터, 쉽게 말해 대안 문화공간으로 변화한 곳이다. 대표적인 곳이 파인코스트(Feinkost), 나토(naTo), 베르크 쯔바이(WERK 2)다. 모두 누구나 참여할 수 있고 다양한 분야의 예술이 공존하는 일상의 문화 공간. 그것이 이들이 표방하고 있는 목적이다. 나는 그 현장이 궁금해져 차례로 방문해 보았다.

참여의 참맛, 파인코스트(Feinkost)

길 위에서 가장 먼저 만나는 곳이 진미 또는 별미라는 뜻의 파인코스트다. 반듯하게 사각진 층층은 각기 다른 시기에 쌓아 올린 듯 부자연스럽게 얹혀 있고 너저분하게 벗겨진 시멘트 사이로 벽돌이 뼈대처럼 드러나 있다. 입구는 건물 사이에 골목처럼 생긴 통로다. 쉽게 찾기 힘들어서 처음

FEINKOST
JUDITH HOLOFERNES
MÄRZ 2017
TANZTHEATER
"FRAUEN"
BEN
BAR

KARLI
80s TRASH POP

18.3. CONNEWITZ BLEIBT NAZIFREI !
Naziaufmarsch mit allen Mitteln verhindern!

FAUXPAS MUSIK
Don Williams
Rising Sun
DJ Carmel
Nikita von Tiraspol
Johannes X Zepplin
Acid
04.03.2017
LEIPZIG BLEIBT ROT
AUF DIE STRASSE GEGEN NAZIS UND RASSISTEN! DIE RECHTEN ZU BODEN!
Lucy
Uta
Tnrg
Fabula
GAMEHACK-LEIPZIG.DE
FREITAG 13. JANUAR

10.03 | Werk 2

FEINKOST
FEINKOST
FLOHMARKT
4.3.
SOMMERKINO
auf der Feinkost
Mai bis September

36
UND

온 방문자는 입구를 앞에 두고 헤매는 경우가 많다. 안으로 들어서면 녹슨 철골 지붕과 사방을 가득 채운 그라피티 때문에 위화감이 느껴진다. 인적이 없다면 영락없이 폐허가 된 공장일 뿐이다. 덕분에 동독의 체취가 고스란히 느껴진다.

파인코스트는 1853년 양조장으로 문을 열었다. 그러다가 1920년대 후반부터는 군대의 집결지로 이용되었다가 곧 식품제조공장으로 바뀌었다. 동독 시절에는 국영기업이라는 뜻의 '인민 소유 공장(Der Volkseigene Betrieb)'이 되어 통조림을 보관하는 창고로 쓰였다. 1973년에는 파인코스트의 간판인 '숟가락 가족(Löffelfamilie)'이 처음 불을 밝혔다. 부지는 통일이 되자 잠시 버려진 채로 있다가 1993년 라이프치히 시에 의해 문화재로 지정되어 보호받게 된다. 그렇지 않았다면 서독의 자본이 곧바로 허물어 버렸을지 모른다. 마침내 1999년 대대적인 보수 공사를 진행하였고 2008년부터 시민단체인 '숟가락 가족 협회'가 운영을 맡게 된다. 그들은 이곳을 창조적 공간으로 개방하면서 대안 문화라는 새로운 이야기를 시작했다.

지금 파인코스트 내부에는 개성 있는 소규모 상점들이 입주해 있고, 중앙의 열린 공간에서는 정기적으로 벼룩시장, 길거리 음식 축제, 여름 극장과 같은 행사들이 사람들을 불러 모으고 있다. 특히 숟가락 가족의 화려한 네온사인 간판은 천문 시계에 근거해 작동되는데 절기에 상관없이 해가 지면 자동으로 불이 켜진다. 그런데 불빛을 가만히 보고 있으면 말로 표현하기 어려운 감정이 생긴다. 역사의 무게랄까 숭고함이랄까. 내가 존재하는 현실이 과거와 뒤섞이는 묘한 느낌이다. 하지만 기부금으로 운영되는 데다가 비싼 전기세 때문에 지속시간은 딱 90분뿐이다. 시간을 제대로 맞춰서 가지 않으면 밝은 자태를 놓칠 수도 있다. 그럴 땐 안내표지판에 써진 번호로 문자를 보내면 3유로의 기부금을 통해 3분간 다시 불이 들어온다.

검열은 개성을 이길 수 없다. 나토(naTo)

거리를 조금 더 내려가다 보면 단층의 노란 건물이 보인다. 밝은 노란색 외관과 옛 모습 그대로의 공연 일정표는 '옛 것'의 느낌을 물씬 풍긴다. 특이하게도 입구가 건물 모서리에 붙어 있고 이는 교차로 쪽을 향해 있다. 이러한 배치는 시민들의 접근성을 높이고 공공적 성격을 강조하려는 의도로 보인다. 이를 통해 이곳이 정치적 공간이었다는 것을 추측할 수 있다. 어쩐지 동네 마을 회관 같기도 하다. 입구 위로 나토(naTo)라는 이름이 작게 쓰여 있다.

나토는 실제로 1949년 동독의 정당 국민전선(nationale Front)의 집회

nato
THEATERTURBINE
RISKANTE SPIELE
Körnerstraße
BIG BAND BIG MUSIC
SWING
ABBA
BILD-WECH-SEL

장소로 시작했다. 그 시절 나무로 지어진 부분은 1953년 화재로 사라졌고 현재 석재 부분만 남아있다. 1982년 청소년 대안문화공간으로 바뀐 후 미술, 공연, 재즈 콘서트 등 다양한 문화행사가 이루어졌지만 동시에 동독의 악명 높은 비밀경찰 '슈타지'의 주둔지이기도 했다. 지역 감시와 행사의 검열을 위한 목적이었다.

통일 후 이곳은 본격적인 공연예술극장으로 변모한다. 수많은 콘서트가 여기서 개최되었는데 그중에는 세계적인 괴짜 밴드 람슈타인의 첫 공연도 있다. 뿐만 아니라 독립영화 혹은 예술영화를 상영하는 '프로그램 키노'를 운영하는데 독특하고 개성 있는 영화들이 흥미를 끈다.

기계공장에서 문화공장으로, 베르크 쯔바이(WERK 2)

마지막으로 칼리의 끝자락에 위치한 베르크 쯔바이에 가기 위해선 나토 앞 정류장에서 트램을 타고 두 정거장을 더 가야 한다. 트램에서 내리면 오른쪽으로 붉은 벽돌로 지어진 커다란 건물들이 눈에 띈다. 가까이 가보면 영어 WORK와 같은 뜻의 베르크라는 간판이 뒤로 보이는 묵직한 건물과 너무도 잘 어울려 과거 이곳이 공장이었다는 확신이 든다. 파인코스트나 나토와는 비교할 수 없을 정도로 큰 규모다.

WERK II
03.-05. WEINMESSE
07.3. NOTHINGTON
09.3. JEWISH MONKEYS
10.3. MUTABOR
11.3. DISCO 2017
12.3. KINDER INS WERK
Refugees Welcome!
FÜR TOLERANZ, WELTOFFENHEIT & GEGEN RASSISMUS
BLACKOUT PROBLEMS
IRISH SPRING
14.03.
03.03.
30.03.
15.03.
WERK 2

BIONADE

이곳은 1848년 한 프랑스인에 의해 가스 측정 장치를 생산하는 공장으로 건설되었다가 1952년 동독 정부에 의해 '가공 제작 원료 검사 기계' 공장이 되면서 베르크 쯔바이라는 이름이 붙었다. 이후 통일이 되면서 잠깐 다른 기업으로 소유권이 넘어갔지만 곧 파산하고 1992년 결국 한 시민단체에 의해 인수되어 '문화 공장'이 되었다. 이제야 꽃길이 펼쳐지는가 싶었으나 재정적으로 큰 어려움을 겪었다. 다행히 1996년 라이프치히 시가 안정적인 운영을 위해 이곳을 사들인 후 운영권을 기존의 시민단체로 이관하면서 고비를 무사히 넘기게 되었다. 2002년부터 몇 번의 보수공사를 진행했고 2012년 지금의 모습을 갖추게 되었다.

베르크 쯔바이의 가장 큰 특징은 단연 할레D(Halle D)에서 펼쳐지는 다양한 컨셉의 콘서트, 파티, 축제들이다. 아무리 파티 문화에 관심이 없는 사람도 한 번쯤은 혹하는 테마가 분명히 있다. 한쪽에서 젊음의 열기를 방출하는 동안 또 다른 공간은 공방으로 꾸며져 있다. 여기선 누구나 도자기, 유리, 인쇄 공예 등 다양한 과정에 참여해 직접 자신만의 작품을 만들어 볼 수 있다. 아이들을 위한 인형극이나 연극들도 빼놓을 수 없는 매력이다. 할레 A는 확 트인 공간으로 종종 소규모 박람회가 열리기도 한다.

칼리 거리의 오늘

사실 칼 립크네히트는 독일 공산당(KDP)을 창당한 사람이다. 공산주의 혁명을 위한 봉기를 일으켰다가 1919년 처형될 때까지 한평생을 농도 짙은 공산주의자로 살다 간 인물이다. 그는 이곳에서 태어나 거주했으며 아직도 생가와 살던 집이 거리에 남아있다. 이 거리는 동독 시절 그의 이름으로 명명되기 전 나치 치하에서 아돌프 히틀러 길로 불렸을 만큼 라이프치히의 요지였다. 실제로 중세부터 유럽의 남북을 잇는 큰 길 가운데 칼리 거리가 있었다. 자연스럽게 물자 유통이 용이한 이곳에 생산시설이 모여들게 되었고 분단 시절엔 라이프치히, 아니 동독의 요지가 되었다.

하지만 오늘날 밤이 되면 거리는 낮보다 더 밝게 빛난다. 줄지어 있는 이국적인 음식점들과 골목 사이사이의 펍들이 소란스럽다. 그 시절 노동자들은 이제 젊은이들로 바뀌어 있다. 하지만 그 화려한 색깔이 자본의 색이라고 안타까워할 필요는 없다. 이곳엔 상업성을 대표하는 프랜차이즈도, 패스트푸드도 찾아보기 힘들다. 거리 초입에 위치한 유일한 패스트푸드, 버거킹은 손님보다 파리가 더 많을 정도로 무관심 속에 방치되고 있다. 주민들 스스로 거리를 자신들만의 것으로 지켜내고 있는 것이다. 그래서 나는 이곳의 화려함을 문화의 색깔이라고 하고 싶다.

LA BOUM
cocktailbar
sky
30
ZONE

BLIND
SPOT
P

이곳을 찾게 되면 술이 됐든 분위기가 됐든 아니면 흥이 되었든, 결국 모두는 문화에 취한다. 지난날을 생각해 보면 칼리의 이야기는 사실 그다지 가볍지 않다. 그러나 모든 결말은 공존과 조화 그리고 열정으로 귀결된다. 그리고 이는 다시 문화 공장의 원료가 되어 칼리 거리를 뜨겁게 달구고 있다.

예술과 학문의 성지

시내에서 트램으로 한 정거장 거리에 일명 '음악지구(Musikviertel)'라고 불리는 구역이 있다. 지식인, 부유층들이 많이 거주하는 곳으로 알려져 있다. 그만큼 조용하고 살기는 좋으나 집값 역시 비싸기로 소문난 곳이다. 라이프치히 대학교의 중앙도서관, 지금은 현대적으로 변한 인문사회대학, 웅장한 독일연방행정법원, 멘델스존이 설립했다는 독일 최초의 음악대학 그리고 마지막으로 세계 현대미술의 한 축이라고 할 수 있는 라이프치히 화파의 요람, 하게베(HGB: Hochschule für Grafik und Buchkunst Leipzig), 즉 라이프치히 미술대학이 이곳에 있다. 그리고 이들을 가로지르는 거리의 이름은 그 이름도 유명한 '베토벤' 길이다.

이곳의 거리들은 짧지만 지극히 독일스러운 풍경을 보여준다. 현대적으로 변해버린 라이프치히에서 보기 드물게 고즈넉한 옛 모습을 간직하고 있기 때문이다. 좁은 길과 높은 가로수 그리고 바로크양식의 건물들. 가을이면 널따란 플라타너스 잎이 바닥을 가득 메우고 조용히 바스락거린다. 이 거리를 걸었을 수많은 학자들과 예술가들을 상상하다 보면 켜켜이 쌓인 역사의 낭만에 취하기도 한다. 그리고 나는 그 길 끝에 서 있는 흰 건물 앞에서 발길을 멈춘다. 간판 없는 이 건물이 바로 라이프치히 미술대학이다.

억압과 저항, 두 가지 정체성이 병존하는 라이프치히 회화

20세기 초 미술계는 새로운 화풍들의 몸싸움으로 혼란스러웠다. 그림은 점점 온건한 형태를 잃고 추상적으로 변하거나 극도로 단순해졌다. 거기서 더 나아간 작품들은 결국 평면을 찢고 나오기에 이르렀다. 조각도 그림도 아닌 작품들이 공간 속에 입체적으로 놓이거나 미디어라는 화면 속으로 다시 들어가 평면도 입체도 아닌 모습으로 되살아났다. 이제 미술은 '그린다'라는 말로는 부족한 시대가 온 것이었다.

그런데 2차 세계대전이 끝나고 독일이 분단되면서 독일 미술계의 물줄기가 서독과 동독으로 나누어지게 된다. 서독은 매체와 방식의 혼란이 점차 정착되면서 장르가 다양해지고 진화해 나갔다. 하지만 애초에 사회주의는 예술을 달갑게 생각하지 않았다. 동독 정부는 오로지 체제의

FSN
OPEREI

선전과 홍보를 위해 직관적인 방식인 '회화'만을 강요했는데 동독에서도 특히 '마르크스' 대학이 위치한 라이프치히에서는 더더욱 그러했다.

라이프치히 화파의 등장

60년대 라이프치히를 중심으로 활동한 베른하르트 하이지히(Bernhard Heisig), 볼프강 마트호이어(Wolfgang Mattheuer), 베르너 툅케(Werner Tübke) 등은 표현의 억압 속에서 사회주의라는 국가 이념과 개인의 무기력이 뒤섞여 만들어 낸 삶을 그들만의 방식으로 화폭에 담아냈다. 어둡고 난해한 구상으로 가득 찬 작품들 앞에서 관객들은 신선함 혹은 난감함을 느꼈을지 모른다. 하지만 한편으론 지독히 독일스러운 화풍에 감탄한 관객도 분명 있었을 것이다. 그렇게 이들은 1977년 카셀 도큐멘타(세계 최대의 예술 박람회로 5년마다 독일 카셀(Kassel)에서 개최된다.)에 등장해 국제적으로 '라이프치히 화파'로 인정받는다. 이 화파의 내공은 자연스럽게 라이프치히 미술대학에 담기게 된다.

한편 90년대 들어 다양한 예술 매체들의 혼재와 실험이 대중을 결국 작품으로부터 멀어지게 만들었고 미술계는 이들을 다시 이어줄 대안을 고민하게 되었다. 이때 유럽의 현대미술계에서는 데미안 허스트로 대표

되는 영국 젊은 작가들(yBa: young british artist), 프랑스에서 짧은 기간 동안 전개되었던 누보레알리즘 운동(Nouveau Réalisme: 실제 사물을 거의 그대로 전시)과 함께 네오 라우흐(Neo Rauch)를 필두로 하는 하게베 출신의 독일 젊은 작가들(yGa: young german artist)이 새롭게 떠오르게 되었다.

'신' 라이프치히 화파의 화려한 복귀

공교롭게도 냉전의 시대가 지나가자 현대미술계가 다시 관객을 이끌 수단으로 가장 단순하고 원초적인 형태인 '회화'를 주목했다. 모순처럼 들리지만 사회주의가 강요했던 예술의 표현 방식이 사회주의가 끝나자 세계 미술의 대안으로 주목받은 것이었다. 어두운 장막 속에서 등장한 이들의 독특한 화풍은 화제를 불러 모았다. 하게베 출신의 작가들은 곧 '신 라이프치히 화파'로 불리며 현대미술계를 양분하는 미국과 유럽의 두 축 중 유럽의 화단을 이끌어가게 된다. 신 라이프치히 화파는 동독이라는 집을 벗어나 밖으로 처음 나섰을 뿐인데 이미 레드카펫이 깔려 있던 것이다. 변방의 작은 도시에서 불쑥 나타나 전 세계의 주목을 받은 이들의 비결은 '역사의식'과 '전통'이었다. 고립된 사회주의 속에서 그들은 자의든 타의든 전통적 회화 방식만을 고수했고 그 안에서 음울한 사회와 역사의식을 담아내려 했던 작가들은 작품을 통해 억압에 저항했다.

spinnerei

화려한 흉물과 라이프치히 화파의 시너지 효과

신 라이프치히 화파의 영광은 하게베 혼자만의 것이 아니다. 젊은 작가들이 자유로운 창작활동을 할 수 있도록 해준 슈피너라이(Spinnerei)를 빼놓고 그들의 오늘을 논하기 어렵다. 라이프치히 시내에서 그리 멀지 않은 곳에 방직공장 슈피너라이가 있다. 이곳 역시 동독 내 다른 시설이 그러하듯 통일이 되자 노동자들이 대거 빠져나갔고 이내 가동을 멈춘 채 황폐화되었다. 그러다 예술가들이 공장의 빈자리에 하나둘 모여들었고 마침내 예술가들을 위한 공간으로 탈바꿈하게 되었다. 신 라이프치히 화파의 스타 네오 라우흐도 일찍이 1992년 이곳에 자리를 잡은 터줏대감 중 한 명이다. 9만m² 부지에 24채의 건물, 100여 개의 작업실, 11개의 갤러리, 카페와 도서관 등으로 채워진 이곳에 많은 작가들이 거대한 창작촌을 이루어 붉은 공장 단지를 화려하게 만들고 있다.

신 라이프치히 화파의 명성은 동독이라는 암울한 시대상과 작가들의 극복 의지 그리고 통일 후 창작 환경 변화에 발 빠르게 대응한 정부와 작가들의 노력이 만들어낸 합작품이다. 그들의 작품을 보고 있노라면 머릿속에 어쩐지 붉은 벽돌이 떠오른다. 거칠고 투박하지만 묵직하고 단단한 그 느낌은 독일 미술이 견뎌왔던 굴곡의 역사를 지탱하는 주춧돌처럼 견고해 보인다. 그림에서마저 느껴지는 지극한 독일스러움은 이제 세계적인 것이 되어 관객들을 불러 모으고 있다.

도시라는 이름의 캔버스

오늘날 도시문화정책의 화두는 단연 '도시재생'이다. 하지만 그것은 그리 특별하거나 대단히 어려운 일이 아니다. 표현하고자 하는 것과 표현할 수 있는 곳을 보장해주면 된다. 소중한 곳을 지키는 건 결국 그곳을 이용하는 사람들의 몫이고 정부가 해야 할 일은 그런 노력을 인정하고 지지하는 것이다. 어느 한쪽이라도 자신의 역할을 다하지 못하면 문화의 가치는 그 의미를 잃게 된다. 도시는 곧 사람이기에 사람에 대한 억압을 풀면 도시 역시 저절로 되살아난다. 동독의 구름에서 벗어난 라이프치히의 해는 아직도 뜨는 중이다. 그래서 이곳에 있노라면 매일매일 새로운 기대를 하게 된다. 오늘의 색은 내일의 색과 분명히 다를 테니 말이다.

네 번째 장벽: 음악

선율은 장벽을 넘어 흐른다: 라이프치히의 두 음악 축제 이야기

글: 인혜

라이프치히에는 두 개의 유명한 음악 축제가 있다. 하나는 세계 최대 고딕음악 축제 중 하나인 '웨이브 고틱 트레펜' (Wave-Gotik-Treffen, WGT), 다른 하나는 가장 대표적인 바흐 축제 중 하나인 '바흐페스트 라이프치히' (Bachfest Leipzig)이다. 이 두 음악 축제는 그 성격이 너무도 상반되지만, 봄의 기운이 충만한 5월과 6월 연달아 사이좋게 라이프치히를 음악으로 들썩이게 한다. 전 세계에서 이 음악 축제를 찾아온 순례자들과 라이프치히 시민들은 도시를 가득 메운 향긋한 봄 향기와 축제의 흥에 겨우내 움츠렸던 몸과 마음을 내맡긴다.

어느 시대, 어느 곳에서나 그랬던 것 같이 이곳 사람들도 음악의 위안에 기대어 지난 시절의 긴긴 겨울을 견뎌왔을 터였다. 그런데 그 긴 겨울을 견뎌온 것은 비단 사람들만이 아니다. 이들에게 길동무가 되어 주었던 음악도 험한 겨울을 함께 지나왔다. 독일의 굴곡졌던 역사 속에 음악도 억압받고 왜곡되는 아픔을 겪어야 했다.

바흐의 음악도 고딕음악도 시대의 광포로부터 온전할 수 없었다. 음악을 사랑하고 지키려 애썼던 이들의 노력이 없었다면 음악은 그 생명을 제대로 이어올 수 없었을 것이다. 그렇게 이곳 사람들과 음악은 서로를 위로하고 의지하며 지난 시절을 지나왔다.

이제 길었던 겨울을 뒤로하고 라이프치히 사람들은 길동무가 되어 주었던 음악과 함께 매년 봄의 축제를 연다. 이 봄의 음악 축제는 언어, 지역, 인종, 이념같이 우리를 갈라놓는 장벽을 허물고 흥겨운 북과 피리 소리, 그리고 우아한 클래식의 선율 속으로 모두를 초대한다. 음악과 축제 본연의 모습이다. 라이프치히 프로젝트의 두 사람이 오늘은 이방인이 아닌 축제의 일원으로 두 음악 축제를 찾았다.

라이프치히를 떠도는 '지옥행 열차'

글: 유진

독일 라이프치히에는 매년 5월, 딱 4일 동안만 운행하는 '지옥행 열차'가 있다. 세계 최대의 고스 축제 '웨이브 고딕 트레펜(Wave-Gotik-Treffen, WGT)' 행사에 참가하는 고스족들을 위한 특별 노선이다. 검은 옷으로 온몸을 감싸고 피칠갑 분장을 한 고스족들로 가득 찬 트램을 보고 있으면 저세상이 아니라 이 세상에 있는 스스로가 오히려 낯설어진다.

내가 이 괴상한 사람들을 처음 본 건 라이프치히에 온 후 첫봄을 맞이했을 때다. 트램을 타고 중앙역을 지나다가 그 앞에 몰려있는 사람들을 보고 '저 시꺼먼 무리는 대체 뭐지?'라고 무심코 지나쳤다. 고스 문화에 빠져있는 이들의 축제라는 걸 듣고 생각했다.

'서양에도 오타쿠들이 많구나' (절레절레)

그런데 왜 하필 라이프치히일까? 베를린이나 프랑크푸르트 같은 대도시도 아니고, 다른 나라에서 바로 오기도 힘든 라이프치히에서 이런 큰 행사가 열리는 이유는 뭘까?

다시 5월, 또다시 이 축제가 시작되었을 때, 나는 조금 더 관심을 가지고 이 도시를 지켜보기로 했다. 중앙역 앞에 몰려있던 그 검은 무리는 4일간의 축제 표를 사기 위해 줄을 선 이들이었다. 나흘간 도시 곳곳에서 계속되는 음악 축제의 표는 120유로, 우리나라 돈으로 15만 원이 넘는다. 나 같은 가난한 유학생에게는 감히 엄두를 내지 못할 액수다. 행사 프로그램을 살펴보니 라이프치히 클라라 공원에서 고스족들의 피크닉이 열린다고 한다. 축제 분위기를 느끼고 싶은 시민들과 매력적인 피사체를 찾는 사진 애호가들에게는 필수 코스라고 하니 나도 주섬주섬 사진기를 챙겼다. 평범한 옷차림이 행여나 더 튈까 봐 위아래 옷을 검은색으로 골라 입었다. 넓은 공원이지만 그들의 소풍 장소를 찾는 건 어렵지 않다. 검은색 옷을 입은 사람을 따라가면 된다.

저승사자 같은 옷에 피칠갑을 한 이들, 해골 분장에다 얼굴을 뒤덮은 격한 피어싱, 검은 프릴로 둘러싸인 화려한 드레스, 검은색이 보여주는 다양성이 이렇게도 많았나 싶을 정도다. 비슷한 또래의 그룹부터, 부부, 아이와 함께 온 가족, 할머니 할아버지까지 가세한 대가족까지, 이들을 하나의 연령층으로 묶는 건 불가능해 보였다. 왠지 모르게 폭력성이 깃들어 있을 것 같은 외모들, 말을 걸기가 쉽지 않았다. 멈칫멈칫하다가 와중에 좀 부드러워 보이는 이들에게 말을 건넸다. 대부분의 이들이 수년에서 십수 년 이상 참가해온 '베테랑'들이다.

라이프치히 주민인 다니엘과 뢰미는 16년째 이 고스 축제에 참가하고 있다. "라이프치히 WGT는 통일 직후에 처음 개최되었어요. 처음엔 8개 밴드들이 모여서 이틀 동안 콘서트를 열었죠." 다니엘의 입에서 행사의 역사가 줄줄 나온다. "시립 박물관에서 이 고스 축제에 대한 전시회를 하고 있어서 거기서 더 자세히 알 수 있어요."

비교적 무난한(?) 복장을 한 조지와 마리는 베를린에 산다. "우리는 고딕 음악 팬들이고요, 콘서트를 즐기러 왔어요" 아, 그렇다. 화려한 볼거리에 잠시 잊었지만 WGT는 사실 '음악 축제'였다.

다니엘의 말대로 라이프치히 시립 박물관을 찾아갔다. 라이프치히 WGT 행사에 맞춰서 기획한 이 전시회의 이름은 '라이프치히의 암흑(Schwarz in Leipzig)'이다. 여기 가보면 고스족들을 조금 더 알 수 있을까?

독일 고스족들의 아지트가 된 라이프치히

고스족들은 80년대 초 영국에서 시작된 펑크와 뉴웨이브 음악 팬들 사이에서 생겨난 하위문화 그룹이라고 한다. 현실보다는 영적이고 종교적인 것 그리고 철학적인 질문에 관심이 많다. 죽음을 삶의 일부로 보고

IHREM
VEREHRTEN LEHRER
ALBRECHT THAER
DIE
DEUTSCHEN LANDWIRTHE
MDCCCL

동경하는데, 이런 죽음에 대한 동경이 검은색 옷과 해골이나 십자가, 관 같은 상징물을 사용하는 것으로 나타났던 것이다. 삶에 대한 허무함, 비애 등의 감정에 애착을 느끼는 고스족들은 정치적 참여보다는 현대 사회와 거리를 두는 자세를 보였다고 한다. 이들이 처음 나타났을 때부터 '관에서 잠을 잔다더라', '고양이를 먹는다던데?' 하는 소문들이 무성했다. 고스족들의 과격한 분장과 거친 음악적 취향은 아무래도 일반 대중에게는 받아들여지기가 쉽지 않았을 것 같다. 나부터도 그랬으니까 말이다.

독일에서 고스족들은 1980년대 후반부터 모이기 시작했다. 살아남는 것은 만만치 않았다. 동독의 비밀경찰 슈타지는 이 모임이 동독 정부에 적대적이고 부정적인 영향을 끼친다며 예의주시했다. 고스족 중 일부는 슈타지의 스파이가 되어서 정보를 보고하기도 했다고. 슈타지가 고스족들을 감시하고 정보 보고를 했던 문서가 오늘날까지 남아 그 역사를 증명해주고 있다. 1988년 4월 30일 발푸어기스의 밤, 포츠담에 200여 명 이상의 고스족들이 모여 큰 축제를 벌였지만, 동독 정부는 이들을 잡아가두고 모임을 해산시켰다. 고스족들은 그렇게 자취를 감추는 듯했다.

무너진 장벽 위로 불안한 청년들이 모이는 곳

1989년 겨울, 베를린 장벽이 무너졌다. 동서로 갈려졌던 독일에 새로운 시대가 왔지만 청년들의 상황은 불투명하고 불안정했다. 특히 완전히 새로운 정치 사회 시스템을 받아들여야 하는 동독 지역 청년들은 그 상황이 더욱 어려웠을 테다. 혼란은 가중되고 결속은 약해졌다. 이젠 동독이 아니라 구동독이 되어버린 라이프치히도 상황은 다르지 않았다. 라이프치히 고스족 미하엘 브루너는 그의 친구들과 '문차일드'라는 이름으로 청년문화센터 디 빌라(Die Villa)에서 댄스의 밤 행사를 열었다. 사회와 개인적 삶의 불안정함 속에서 고스족들의 검은 축제는 다시 기지개를 켰다. 그간 갈 곳을 잃었던 고스족들은 다시 이곳으로 몰려들었다.

모임이 커지자 고스족들은 라이프치히에 있는 클럽 코네 아일랜드(Conne Island)로 자리를 옮겼다. 손으로 직접 그린 행사 홍보 전단지는 독일 전체에, 그리고 유럽까지 퍼졌다. 1992년 열린 첫 번째 WGT 행사에는 이틀 동안 8팀의 밴드가 공연을 펼쳤는데, 이때 몰려든 팬들이 2,000명에 달했다. 그동안 설 곳을 찾지 못했던 고스족들의 갈증이 얼마나 컸는지 알 수 있는 대목이다. WGT는 이후 매년 5월, 부활절 이후 50일째가 되는 성령강림절이 있는 주말에 개최되고 있다.

MÜSSEN SIE ALS MÄDCHEN SO HERUMLAUFEN?!?

WAS SAGT EIGENTLICH IHRE MUTTER DAZU!?

젊은 고스족에게 나이 든 할머니가 한마디 한다.

“어린 처자가 이런 꼴로 돌아다녀도 되겠어?!? 처자 엄마는 대체 뭐라고 말하시던?!”

한 소리 들은 고스족은 고개를 돌려 중년 여성에게 말을 건넨다.

“엄마, 이분이 엄마한테 뭐 물어볼게 있다는데?…”

통일 직후 시작된 라이프치히 WGT는 올해 28주년을 맞았다. 독일 통일의 역사와 시기가 비슷하다. 통일 직후 동독 지역에 불어 닥친 변화의 소용돌이 속에서 고스족들과 청년들의 해방구로 시작된 고스 축제 WGT, 이런 행사가 라이프치히에서 꽃핀 것은 어쩌면 자연스러운 결과가 아니었을까.

자신들만의 세계를 찾아 모여들었지만 고스족들은 여전히 편견과 루머에 시달렸다. 사탄을 숭배한다는 비난과 아이와 고양이를 잡아먹는다는 따위의 소문이 돌았다. 정치적으로도 환영받지 못했다. 일부 참가자들이 군복을 차려입어 좌파들에게는 나치라고 비판을 받았는데, 정작 행사장에서는 극우파 스킨헤드족의 공격을 받기 일쑤였다고 한다. 스킨헤드족의 공격을 받아 병원에까지 실려 가는 고스족들에 대한 사건 기사가 아직도 지역 언론의 아카이브에 남아있다. 고스족들을 주제로 한 만평은 이들에 대한 사회의 시선을 코믹하게 묘사하고 있다.

통일 후 싹튼 하위문화가 도심으로 오기까지

저항성을 기반으로 하는 이 하위문화 그룹은 하지만 포기하지 않았다. 모임은 계속되었고 라이프치히 WGT는 해가 갈수록 규모가 커졌다. '에헴' 하며 체통을 지키고 있던 교회와 라이프치히 기념탑 등 도시의 주요 장소가 이 행사에 함께하기 시작했다. 연극 무대인 샤우슈필하우스도 이 하위문화가 놀 수 있는 장을 제공했는데, 이른바 '고급문화' 공간과의 협력도 처음으로 이루어진 순간이었다.

라이프치히의 우중충한 클럽에서 시작된 하위문화 축제는 이제 도시의 중심으로 옮겨왔다. 아니, 고스문화에 있어서는 세계적인 축제로 거듭났다. 부정적 시선을 보내던 시민들도 이제는 그들과 함께 자리를 잡고 행사를 즐긴다. 식당 주인도, 택시기사도, 호텔 주인도 고스 축제가 열리는 4일간은 함박웃음을 짓는다. 올해 열린 WGT에는 2만 3,000여 명이 도시를 찾았다고 하니 지역 상권에 끼치는 영향도 만만치 않을 것 같다. 라이프치히 WGT는 도시에 미치는 긍정적인 영향을 인정받아 2014년에는 라이프치히 관광상을 받았다. 라이프치히를 대표하는 행사 중 하나로 거듭난 셈인데, 주류 문화에 대한 거리 두기와 저항을 뿌리로 하는 하위문화의 반란이라고 할 만하다.

행사는 커지고 시민들의 호응도 좋아졌지만 이것이 못마땅한 고스족들도 꽤나 많은 모양이다. 행사가 커지면서 따라오는 상업적인 성격들, 시정부의 통제가 이루어지는 것만 같은 느낌에 독립성을 외치는 목소리도 늘 따라온다. 앞서 언급한 31번 지옥행 트램은 고스족들의 편의를 위한 것인 동시에, 고스족들을 한데 모아 쉽게 '관리'할 수 있다는 장점도 있을

JOHANN
SEBASTIAN
BACH

것이다. 라이프치히 WGT는 이렇게 서로가 밀고 당기기를 하면서 축제의 정체성을 최대한 살릴 수 있는 방안을 찾고 있다. 무엇보다 확실한 건, 이제 고스축제 하면 라이프치히, 라이프치히 하면 WGT라는 사실이다.

지난해 '여기도 오타쿠가 많구나'라고 생각했던 나,

지금은 라이프치히를 방문하는 이들에게 "웬만하면 이때 오세요"라고 말할 만큼 추천해주고 싶은 행사이자 독특한 도시의 풍경이다.

초여름 밤에 떠나는 바흐행 트램

글: 인혜

한국에서 음악을 전공했던 나는 클래식 음악가들의 작품 세계를 음악과 글을 통해 배우고 접했다. 보다 나은 연주를 위해 그들의 삶과 음악 세계를 상상하며 다가가려 애썼음에도, 때때로 좁혀지지 않는 어떤 간극이 느껴졌다. 그런데 6년 전 라이프치히에서의 삶이 시작되면서 내게 종종 아…! 하는 탄성 어린 순간들이 찾아왔다. 라이프치히는 바흐, 멘델스존, 슈만, 바그너, 말러 등 클래식 음악사에서 소중한 음악가들이 살고 활동했던 도시이다. 이곳에서 이들 음악가들이 남겨놓은 자취를 직접 보고 느끼며 그들의 음악 세계에 조금씩 더 다가갈 수 있었다.

하지만 이곳 라이프치히에서 아름다운 음악의 세계만 경험한 것은 아니었다. 미처 생각지 못했던 음악과 음악가들의 그늘진 면들을 이곳에서 맞닥뜨리게 되었다. 독일이 겪은 격동의 근현대사 속에서 이곳의 음악도 그런 역사에서 자유롭지 못한 채 굴곡진 길을 지나왔음을 알게 되었다. 나치 정권과 그 뒤를 이은 동독 정권하에서 음악은 이념과 체제에 속박된 채 왜곡되고 악용되었다. 가령 나치 정권은 바그너의 음악을 나치 집회의 극적 효과를 연출하기 위해 사용했고, 바흐의 곡들은 원곡의 가사를 바꾸어 정권의 선전 도구로 이용했다. 그리고 나치 정권하에서 유대계 음악가들은 음악 활동이 중단되거나, 이를 피해 미국이나 중립국 등지로 망명을 떠날 수밖에 없었다.

뒤이은 동독 정권하에서도 음악가들은 자유를 되찾지 못했다. 동독 시절 라이프치히 니콜라이 합창단 지휘자로 부임했던 위르겐 볼프(Jürgen Wolf)는 "역사적 곡 해석 방식이란 동독 시절에는 절대로 불가능했다"며 암울했던 당시를 회고했다. 음악이 사회나 정치와는 무관한 듯이 보이지만, 라이프치히가 간직한 음악의 역사는 음악이 당대의 사회 정치와 긴밀히 연관되어 있음을 알게 해준다.

통일 후 다시 세우는 음악의 역사

독일 통일 이후 라이프치히는 지난 과거에 왜곡된 음악의 역사를 바로 세우고 그 위상을 다시 회복하려는 노력을 기울여왔다. 노텐스푸어(Notenspur)가 대표적이다. 노텐(Noten)은 악보, 스푸어(Spur)는 자취. 그리하여 노텐스푸어는 음악의 자취를 뜻하는데 라이프치히 시는 이 노텐스푸어를 만들어 라이프치히와 관련 있는 음악가들의 생가와 음악 관련 장소들을 관광 코스로 기획해 운영한다.

노텐스푸어는 많은 음악가들을 만나게 해 주는데 라이프치히에서 가장 빼놓을 수 없는 보물 요한 세바스찬 바흐, 낭만주의 음악의 귀공자 멘델스존, 음악사의 영원한 연인 로베르트 슈만과 클라라 슈만 부부, 독일에서 가장 논쟁적인 음악가로 라이프치에서 태어난 바그너, 라이프치히에서 말러 교향곡 1번을 완성시켰던 구스타브 말러 등이 있다. 노텐스푸어의 방문객들은 길에 새겨진 표식을 따라 코스를 돌아볼 수 있다. 이 표식은 우리들을 위대한 음악가들의 이야기가 살아 숨 쉬는 장소로 안내해 준다. 그 장소들 중 대표적인 곳으로 바흐가 죽기 전까시 음익감독으로 활동했고, 그의 유해가 안치되어 있는 성 토마스 교회를 꼽을 수 있다. 바흐의 음악을 사랑하는 이들이라면 꼭 와보고 싶은 성지와 같은 곳이다. 문득 6년 전 그날이 떠오른다. 토마스 교회에 처음 들어섰던

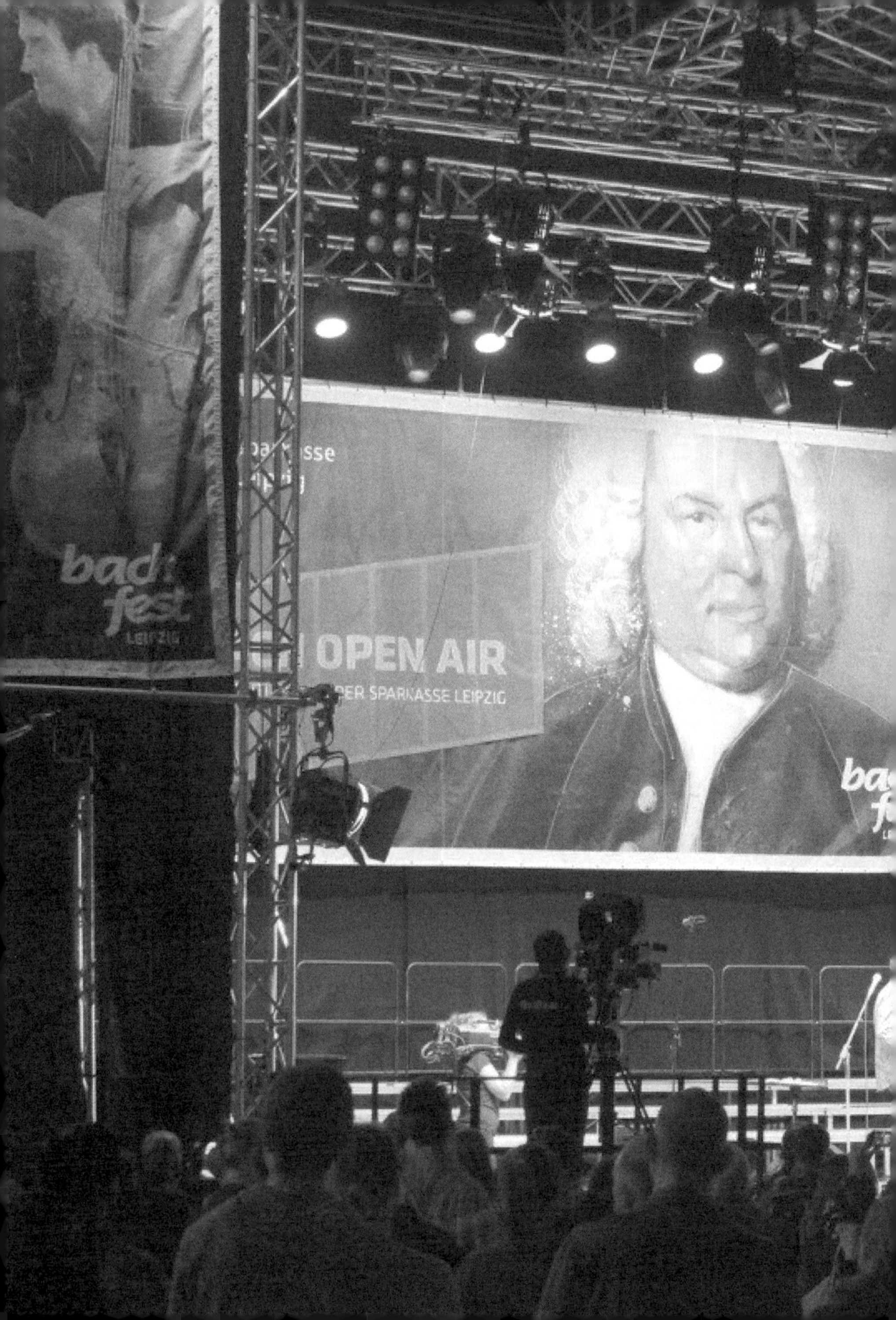

OPEN AIR
SPARKASSE LEIPZIG

그날. 바흐가 연주하던 웅장한 파이프 오르간 그리고 제단 바닥에 안치되어 있는 바흐의 무덤을 보며 바흐의 숨결이 느껴지는 것 같아 가슴이 벅찼다. 내가 서 있는 이곳을 바흐도 걸었을 테고 내가 보는 저 오르간으로 연주하고 지휘했겠지.

나치와 동독이 모두 사랑한 바흐

바흐는 서른여덟 살에 이곳 토마스 교회 합창장의 자리를 얻어 라이프치히로 왔다. 그리고 1750년 그가 예순다섯의 나이로 생을 마감하기 전까지 27년간 교회 음악 책임자로 그리고 라이프치히 음악감독으로서 정력적으로 활동했다. 바흐가 라이프치히에서 작곡한 교회 칸타타(교회 성악곡)만 160여 곡, 이 외에도 피아노를 위한 곡들 그리고 <카페 칸타타>와 같은 세속 곡들까지 많은 곡들을 남겼다. <카페 칸타타>의 배경이 된 카페는 지금도 여전히 시내 골목 한편에 자리하고 있다. 라이프치히 주민들과 여행자들은 오랜 추억을 간직한 이곳을 즐겨 찾는다. 바흐는 최후의 대작인 <푸가의 기법>(BWV1080)을 작곡하다가 이를 채 완성하지 못하고 세상을 떠났다.

바흐는 그가 남긴 방대한 곡들과 클래식 음악의 근간이 되는 음악 이론의 확립으로 사후에 더 크게 재조명받았고, 오늘날 '음악의 아버지'라고 불리는 명예까지 얻게 되었다. 바흐를 사랑하는 독일의 음악인들과 문화예술계 인사들은 그의 음악을 기념하고 세계에 알리기 위해 1900년 라이프치히에서 신바흐협회 (Neue Bachgesellschaft)를 결성했다. 그리고 이듬해인 1901년에 베를린에서 첫 번째 바흐 페스티벌을 개최했다. 이런 순수한 의도에서 시작된 바흐 페스티벌은 이후 나치 정권과 동서독 정권의 선전 도구로 이용되는 안타까운 상황에 놓이게 된다. 당시는 전통적인 조성음악에 대항하여 조성이 없는 무조음악이라는 새로운 음악 형식이 생겨나는 전위적인 시대였지만 히틀러는 오히려 보수적이며 고전적인 음악에 집착했다. 히틀러는 독일인의 위대함을 드러낼 수 있는 음악, 인간의 감정을 뒤흔들며 민족의 결속력을 다질 수 있는 음악을 좋아했다고 한다. 히틀러가 추구하는 음악의 이상을 잘 보여주는 연설의 한 대목이다.

"우리 민족의 발전과 인내를 위한 보편적 법률을 음악 분야에도 적용하는 것은 불가피하다. 기교적으로 혼란을 유발하는 음악으로 청중을 당황하도록 하는 것이 아니라, 예측 가능하고 아름다운 선율의 청취를 통해 그들의 마음을 제압하는 것이다" (1938년 '문화 연설')

히틀러에게 음악은 민족을 하나로 결속시키고, 게르만 민족의 우월성을 정당화시킬 수 있는 가장 적합한 예술이었다. 바흐는 독일의 클래식

Leipziger

음악을 대표하는 음악 영웅이지만 나치가 원하는 민족의 영웅이 되기에는 문제가 있었다. 바로 바흐 음악의 중심을 차지하는 기독교 신앙이 문제였다. 그러나 바흐를 포기할 수 없었던 나치 정권은 바흐의 음악에 담긴 신앙심을 지우고 대신 민족주의 가치를 불어넣는 작업에 착수했다. 첫째는 바흐가 다른 독일 음악가와 달리 평생 독일을 떠나지 않았다는 사실을 강조했고, 둘째는 바흐의 음악에 민족주의적인 색채를 가미하기 위해 바흐 음악의 가사들을 고쳐 연주하게 했다. 이렇게 바흐와 그의 음악이 민족주의로 포장되고 바흐는 '독일인 중의 독일인', '게르만족의 우수한 예술성을 물려받은 순혈 독일인', '민족적인 음악가'로 추앙되었다.

이는 동독 정권하에서도 크게 다르지 않았다. 나치 정권이 바흐를 민족적 영웅으로 만들려 했다면, 동독 정권은 그를 사회주의 체제의 우월성을 선전하기 위한 인물로 세계에 내세우려고 애썼다. 이를 위해 동독 정권 역시 바흐 음악에 가차 없는 매스질을 가해 바흐 음악의 정체성을 왜곡했다. 일례로 동독 시절 스물여섯 번의 바흐 페스티벌이 개최되는 동안 페스티벌의 명칭도 정권의 입맛에 따라 여러 차례 바뀌었다. 'Leipziger Bachfest'(라이프치히 바흐 페스티벌) - 'Bach Tage'(바흐의 날) - 'Bach-Feier'(바흐 축제) - 'Bach Festwochen'(바흐 축제 주간) - 'Reichs-Bach - Fest'(제국 바흐 축제).

동서를 잇는 음악 축제

이런 암울한 상황에서도 독일의 문화예술인들은 바흐 음악과 페스티벌의 순수성을 지켜내기 위한 노력을 멈추지 않았다. 동서독 분단 상황에서도 당시 신 바흐 협회는 둘로 나누어지지 않고, 양쪽 인사들이 모두 구성원으로 참여해 하나의 조직을 유지해 나갔다. 이러한 단일 조직을 통해 동서독의 정치적 상황이나 정부의 간섭에도 불구하고 공동으로 바흐 페스티벌을 계속 이어나갈 수 있었다. 이들의 노력으로 통일되기 직전까지 바흐 페스티벌은 매년 동독과 서독의 도시를 한 번씩 번갈아 가며 개최되었다. 바흐의 음악과 이를 사랑하는 이들의 값진 노력이 수십 년간 장벽이 가로막고 있던 동독과 서독을 이어주는 가교의 역할을 한 것이다. 음악이 단순히 예술적 가치를 넘어 역사적으로 중요한 역할을 했다는 사실을 알게 되니 음악과 예술의 중요성을 한 번 더 새롭게 느끼게 되었다. 그런 점에서 최근 새롭게 물꼬를 튼 남북 간 문화 예술 교류는 반가운 일이면서도, 여전히 지속성 있게 이어지지 못하는 점은 많은 아쉬움을 남긴다.

동서독의 장벽이 무너진 후 바흐와 그의 음악은 비로소 원래의 자리로 돌아왔다. 바흐 페스티벌도 이제 어떠한 정치적 이용이나 간섭 없이 온전히 시민들의 품으로 돌아왔다. 매년 6월의 초여름 햇살 아래 바흐 페스티벌은 꽃들의 색깔과 향기만큼이나 다양한 행사들로 꾸며진다. 바흐의 교회 음악 공연 외에도 어린이를 위한 공연과 참여 이벤트, 근교 아름다운 성으로의 음악 산책, 학술 행사, 바흐의 음악을 새롭게 해석한 재즈, 발레, 연극 등 다양한 장르의 연주와 공연들이 축제를 다채롭게 수놓는다. 어린아이부터 나이 든 노인까지, 바로크적인 클래식함부터 최신 유행 음악 장르까지, 페스티벌이 담아내는 음악의 폭이 상당히 넓은 것을 느낀다. 그리고 음악을 좋아하는 이라면 누구든지 이들 음악을 무료로 또는 한국 돈으로 5,000원 안팎의 저렴한 가격에 부담 없이 즐길 수 있는 것도 음악 본래의 정신을 잘 담고 있는 것 같다. 통일이 된 지 30여 년이 지나며 이곳의 음악도 얼룩졌던 지난 과거에서 벗어나 다시 날갯짓을 하고 있다. 체제와 사상에 짓눌리지도, 체제의 도구로 악용되지도 않는 자유와 평화의 터전에서 음악은 다시 본연의 가치와 역할을 되찾았다. 예술의 꽃을 활짝 피게 하는 비옥한 토양인 이 자유와 평화가 이 땅에 가득하길 소망한다.

WALDPLATZ
RESIDENZ
START
VERMIETUNG
FRÜHJAHR
2019
Ihr neues Zuhause
Zentral. Anspruchsvoll. Besonders.
WIR BIETEN:
• 73 Wohneinheiten mit 2-5 Zimmern
• 4 Gewerbeeinheiten
• 77 Tiefgaragen-Stellplätze
• Echtholzparkett mit Fußbodenheizung
• Hochwertige Badkeramik
• Größtenteils mit Balkon, Loggia oder Terrasse
• Einbauküche in jeder Einheit
• Großzügiger, grüner Innenhof
+49 (0)341 26 920 - 70
vermietung-leipzig@cgimmobilien.de
POWERED BY
CG GRUPPE
WWW.CG-GRUPPE.DE
IMMOBILIEN NEUER DIMENSION

다섯 번째 장벽: 주택 양극화

시대가 바뀌어도 여전히 견고한 부동산 장벽

글: 초롱

거긴 위험해! 아이젠반 슈트라세(Eisenbahn Straße)

오늘은 두 아이가 태권도장에 가는 날이다. 한국에는 동네마다 있는 게 태권도장인데 이곳에는 시 전체를 통틀어 두세 군 데뿐이다. 귀한 태권도장에 가려면 1번 트램을 타야 한다. 집에서 중앙 기차역까지 세 정거장, 그리고 기차역을 지나 세 정거장 더 가면 아이들이 다니는 도장에 도착한다. 트램으로 10분 남짓 걸리니 그리 먼 거리는 아니지만, 이 짧은 시간 동안 우리는 라이프치히 안의 보이지 않는 국경선을 넘는다.

썰물과 밀물이 교차하듯, 중앙역 정거장에서 타고 있던 승객 대부분이 내리고 나면 새로운 승객들이 트램을 가득 채운다. 중앙 기차역을 지나면 1번 트램은 아이젠반 슈트라세를 따라 달린다. 내가 긴장한 탓인지는 모르겠으나, 아이젠반 슈트라세를 달리는 트램 안 분위기도 이때부터 사뭇 달라진다. 아이젠반 슈트라세로 말할 것 같으면, 라이프치히는 물론이고 독일 내에서도 가장 위험하다고 손꼽히는 악명 높은 지역이다. 독일어가 아닌 외국어가 더 많이 들리고, 승객들의 생김새나 옷차림도 여기가 독일인가 싶을 정도로 낯설다. 재잘거리며 까불던 두 아이들도, 소란해진 만원 트램 안에서 두 눈만 껌벅일 뿐이다.

좁고 지저분한 정류장에서 내려, 종종걸음으로 아이들을 도장에 데려다주고 나서야 긴장이 풀린다. 긴장은 풀리지만 이제부터는 한 시간 동안 지루함을 도장 내 복도 안에서 견뎌내야 한다. 듣기만 해도 무서운 강력 범죄가 많이 일어나는 곳이라며 절대 혼자 돌아다니지 말라는 말을 이웃, 친구, 가족들에게 귀에 딱지가 앉도록 많이 들었다.

그야말로 작은 도시 안에 있는 국경선을 넘나드는 기분이다. 이 보이지 않는 장벽은 비단 나만 느끼는 것이 아니라 이곳 독일인들 마음속에도 아주 높고 견고한 듯하다. 자기 아이들에게도 태권도를 가르치고 싶다며 물어보는 학부모들에게 도장이 아이젠반 슈트라세에 있다고 알려

주면 열에 아홉은 난처하다는 표정을 짓는다. 하필이면 왜 그런 곳에 도장이 있냐며 안타깝다는 말을 끝으로 더 이상의 질문은 하지 않는다. 아이젠반 슈트라세라는 말 한마디면 모두 그곳이 얼마나 위험한 곳인지 너무나도 잘 안다는 듯 이야기들을 이어간다. 범죄율이 얼마나 높고, 그중 흉악범죄는 몇 퍼센트이며 독일 내 몇 번째인지 순위도 줄줄 읊는다. 몇 다리 건너는 지인의 지인이 그곳에서 보거나 들은 범죄 무용담이 없는 사람이 없다. 그래서 다들 아이젠반 슈트라세에 발길을 끊은 지 몇 년째라고. 버스로 6 정거장만 가면 닿는 이곳은 많은 사람들에게 넘어가서는 안 될 장벽 너머의 나라처럼 먼 곳이다.

아이젠반 슈트라세, 여기는 어쩌다 이렇게 위험한 동네라고 손가락질 받게 된 걸까? 이곳을 에워싼 보이지 않는 장벽은 누가, 언제부터 세운 걸까?

장벽의 기원: 구동독 시절의 주택 양극화

라이프치히에 대해 궁금한 것이 생기면 내가 제일 먼저 찾는 사람이 있다. 바로 아래 아랫집에 사시는 할머니인데, 이곳에서 나고 자란 라이프치히 토박이다. 70세가 훌쩍 넘으신 할머니의 이야기는 곧 라이프치히의 근현대사나 마찬가지다. 할머니께 아이젠반 슈트라세는 원래부터

maxit

WINCON
BECKER

이렇게 '안 좋은' 동네였냐고 여쭤보았더니, 할머니는 한숨을 크게 내쉬며 한마디 하셨다.

"Schade!"

샤데. 한국말로 하면 '안됐다', '안타깝다'라는 뜻이다. 아이젠반 슈트라세가 망신스러운 천덕꾸러기가 된 게 너무 아쉽고 슬프다고 하셨다. 할머니 말씀에 따르면 원래 아이젠반 슈트라세는 평범한 동네였다고 한다. 원래도 엄청난 부촌은 아니었지만, 성실히 일하던 노동자들이 자신의 보금자리를 가꾸던 곳이었다. 할머니의 직장 동료나 지인들도 몇몇 아이젠반 슈트라세에 살았었지만, 통일 이후 하나둘 그 동네를 떠났다고 한다. 그리고는 할머니도 그곳에 발길을 끊은 지 오래되었다고 한다.

사실 동독 시절에는 딱히 부자 동네, 가난한 동네의 명확한 구분은 별로 없었고, 엄밀히 말하자면 라이프치히 전체가 다 가난한 동네였다고 한다. 그도 그럴 것이 전쟁 후 서독이 미국, 영국, 프랑스의 전폭적인 지원을 받았던 것에 반해, 동독은 제 코가 석 자였던 러시아로부터 별 도움을 받지 못했다. 전쟁으로 인해 부서지고 낡아진 건물을 재건할 그 어떠한 기술적, 물질적 지원도 받지 못했던 것이다. 포클레인이나 레미콘 같은 중장비는 고사하고 철이 부족해 못이나 망치도 많이 못 만들었다고 하니, 당시 주민들의 주거 상황이 얼마나 심각했는지 짐작해 볼 수 있다.

많은 건물들이 시내 곳곳에 폐허나 다름없이 흉물스럽게 방치되어 있었다. 사람이 살 만한 공간은 턱없이 부족해 한 집에 여러 세대가 함께 사는 경우가 많았다. 건축 감독인 남편을 두고, 당신은 산부인과 의사였던, 결코 가난하지 않았던 할머니네 식구도 다른 가족과 함께 아파트 하나를 나누어 쓰셨다고 한다. 주방과 화장실은 공동으로 쓰고 할머니네 가족이 방 세 개를, 다른 가족이 방 두 개를 사용했다고 한다.

집을 남과 나눠 쓰는 것보다 더 불편했던 건 바로 난방 문제였다. 못이랑 망치도 부족한 판에 난방 시스템이 있을 리 만무했다. 그래서 방마다 난로를 놓았는데, 이 구식 난로로 온수와 난방을 해결하는 게 여간 힘든 일이 아니었다고 한다. 겨울이 닥치기 전에는 창고 가득 숯을 사다 비축해 놓아야 했고, 그게 부족하면 두 아들과 남편은 숲으로 나무를 하러 가곤 했다. 한겨울에는 자다 말고 새벽 2~3시에 일어나 방마다 다니며 불이 꺼지지 않게 숯이나 장작을 난로에 채워야 했다. 새벽같이 일어나 큰 주전자에 물을 가득 채워 난로 위에 올려놓지 않으면 아침에는 찬물로 씻어야 했다.

동독의 직사각형 아파트

열악한 주택 상황을 해결하기 위해 동독 정부가 꺼내든 카드는 플라텐바우(Plattenbau)라고 불리는 아파트를 대규모로 찍어내는 주택사업이었다. 플라텐바우는 시멘트로 만든 벽면을 이어 붙여서 건물을 완성하는 기법이다. 동독 정부는 최저 비용으로 단시간에 지을 수 있도록 건물을 디자인하고 동독 전역에 획일적으로 이 아파트를 지어 올렸다. 지금도 라이프치히는 물론이고 구동독 지역 어디에서나 그 모습을 볼 수 있다.

라이프치히는 1970년대 후반부터 시 외곽에 있는 그뤼나우(Grünau)라는 지역에 대규모 아파트 단지를 조성했고, 1980년대 내내 꾸준히 성장했던 인구는 1980년대 말 그 규모가 최절정에 이르렀다. 할머니 말씀에 따르면 이 멋대가리 없는 아파트들이 모여 있던 그뤼나우가 동독 당시에는 모두가 살고 싶어 하는 곳이었다고 한다. 내 집을 남과 나눠 쓰지 않아도 되고, 중앙난방이 들어와 난로를 피워도 되지 않아도 되는 말 그대로 최신식 아파트 단지였기 때문이었다. 우리식으로 하면 최첨단 신도시였던 셈이었나 보다. 모두가 이 아파트로 배정받을 날을 오매불망 기다렸지만 일반 시민이 이곳에 집을 배정받는 일은 하늘의 별 따기만큼 어려웠다고 한다. 당과 정부에서 일하거나, 조직에 충성하는 사람들 그리고 그들의 친인척들이 대부분 우선순위로 배정을 받는 것은 공공연한 비밀이었다. 당에 가입하지 않고, 정치와는 상관없이 살던 할머니는 통일이 되고 나서도 한참이나 지난 1997년까지도 나무와 석탄을 때던 난로가 있는 집에서 살았다고 한다.

장벽의 재배치 – 통일과 서독 자본의 유입

통일이 된 후, 많은 사람들이 자유와 일거리를 찾아 서독으로 빠져나갔다. 동독의 여타 지역과 마찬가지로 라이프치히 역시 빠져나가는 사람들을 붙잡아 둘 만한 힘이 없었고, 이곳의 인구는 급감했다. 썰물처럼 빠져나가는 인구, 하루아침에 바꿔야 하는 모든 법과 제도, 턱없이 부족한 인프라, 거기에 흡수통일에서 오는 이곳 사람들의 박탈감… 이 엄청난 격동의 소용돌이에서 제대로 된 주택 공급 문제는 우선순위에서 우위를 차지하지 못했다. 제대로 된 주택 공급과 부동산 관리에 관한 정부 정책의 공백을 틈타 라이프치히 주거환경에 가장 큰 영향을 미친 것은 서독의 자본이었다.

통일 직후부터 2000년대 초반까지 서독의 부호들은 구동독 지역에 투자 가치가 높은 건물들을 사들이기 시작했다. 서독인들이 선호했던 부동산은 1900년 안팎에 지어진 알트바우(Altbau, 옛날 건물)인데,

센터에서 가까워 교통이 편리하고, 근처에 공원이 있어 조용하기까지 하면 그야말로 금상첨화였다. 이러한 투자 조건을 충족시키는 대표적인 지역이 라이프치히 중심가 바로 남쪽에 위치한 젠트룸 쥐드(Zentrum Süd)와 서쪽에 위치한 발트슈트라세(Waldstraße)이다.

아무리 낡은 값싼 매물이라 하더라도 동독 사람들에게는 건물을 사들일 만한 돈이 없었다. 자연스레 라이프치히에 있는 알트바우 건물들의 3분의 2 정도가 서독 자본가의 손으로 넘어가게 되었다. 흉물스럽던 폐가는 성형수술을 하듯 서독의 돈과 기술을 통해 고풍스러운 건물로 새로 태어났다. 투자자들은 이를 럭셔리 아파트로 되팔거나, 높은 임대료를 받을 수 있는 아파트로 월세를 놓기 시작했다. 집중 투자 지역이었던 젠트룸 쥐드와 발트슈트라세 지역은 현재 라이프치히에서 월세가 가장 높은 부촌으로 자리매김했다.

이와 달리 아이젠반 슈트라세는 시내 중앙에서도 가깝고, 동독 스타일 아파트 없이 옛 건물들이 나란히 줄지어져 있는 평범한 곳이었지만 어째서인지 서독 큰손들의 선택을 받지 못했다. 아마도 내가 매일 저주하던 좁은 1차선 도로 때문이었을 것이다. 녹지도 없는 곳에 고속도로와 몇몇 국도까지 연결되는 유달리 좁은 차도는 자동차, 버스, 트램 거기다 자전거까지 뒤엉켜 항상 번잡하고 시끄럽다. 그러니 누가 투자하려

들겠는가. 투자가 없다 보니 동네는 점점 낙후되어 갔고, 통일 이후 늘어난 가난한 노동자와 이민자들이 집세를 감당할 수 있는 곳을 찾다 이 동네로 모여들게 되었을 것이다. 쇠락한 주거 환경과 급증하는 외국인들 때문에 위화감을 느낀 독일인들이 하나둘 떠나갔다. 독일 사회에 적응하지 못하고 문제를 일으키는 몇몇 사람들과 그것 때문에 아이젠반 슈트라세를 범죄의 소굴이라는 둥, 독일에서 가장 위험한 지역이라는 둥 떠들어 대는 미디어 때문에 이곳이 발 들여서는 안 될 '게토'라고 낙인찍히게 되었다는 게 할머니의 설명이었다. 할머니는 평범하던 아이젠반 슈트라세가 위험지역으로 변한 것도 안타깝고, 가진 게 별로 없는 자들은 어쩔 수 없이 아이젠반 슈트라세 지역을 전전할 수밖에 없는 현실이 참 안타깝다고 말했다. '샤데'라는 독일어 단어가 이렇게 와 닿기는 처음이다.

견고해지는 주택 장벽 – 부익부 빈익빈의 심화

과거 동독 시절에 비하면 현재 라이프치히의 주택 상황은 많이 발전했다. 더 이상 재를 뒤집어쓰며 난로를 쓰지 않아도 되고, 폐가 같은 집을 다른 사람과 나눠 써야 하는 일도 없다. 도시 전체는 건설 붐으로 들썩이고 있고, 도처에 널려 있던 공터에는 어느새 새로 들어선 건물들이 모던한 자태를 뽐내고 있다. 해마다 수많은 아파트가 부동산 시장에 나오지만, 아이러니하게도 많은 사람들이 라이프치히에서 집을 구하는데 점점 더 많은 어려움을 겪고 있다. 럭셔리 부동산 시장이 서독의 자본을 기반으로 급성장하는 동안, 일반 서민과 학생 그리고 취약계층을 위한 주택에 대한 투자는 이뤄지지 않았기 때문이다.

새로 짓거나 리모델링을 한 아파트는 모두 부자들을 위한 럭셔리 아파트들뿐이고, 기존의 아파트도 새 임차인을 구할 때는 높은 월세를 요구한다. 2010년 이후에 리모델링하거나 새로 지은 신식 아파트 같은 경우에는, 4인 가족이 살 만한 규모면 한 달 월세가 1,500에서 2,000유로까지 치솟았다고 한다. 라이프치히 4인 가구 평균 소득이 대략 3,000유로 정도인 걸 감안한다면 이런 월세는 높은 걸 넘어 사악한 수준이 아닌가 싶다. 사회 취약계층뿐만 아니라 평균 수준의 소득을 내는 가정에도 라이프치히 내에서 살만한 집을 구하는 것은 이제 하늘의 별 따기가 되었다. 특히 라이프치히로 새로 이사 온 가족들이나 학생들, 또 기존에 이곳에 살고 있다가도 아이들의 출생으로 더 넓은 집으로 이사해야 하는 젊은 부부들에게 치솟는 월세는 삶의 질을 위협하는 큰 문제로 대두되고 있다.

저렴한 아파트가 주택시장에서 사라지는 또 다른 이유는 바로 에어비엔비 같은 공유숙박 플랫폼이다. 여행객에게 에어비앤비로 아파트를 빌려주는 것이, 실제 거주를 목적으로 하는 임차인에게 장기로 세를 주는

BRASSERIE
RESTAURANT
CAFÉ

WIR SIND E1NS!
DIE ROTEN

Bezahlbares Wohnen für alle!

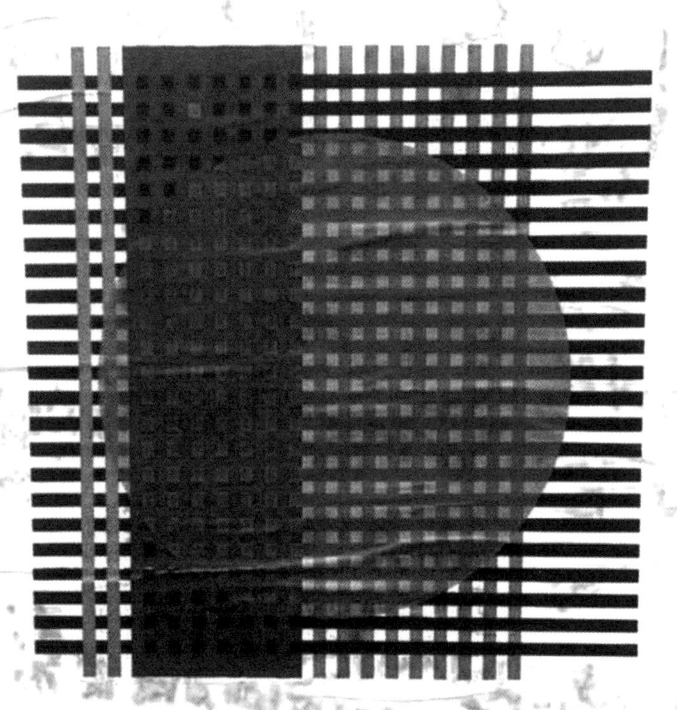

#Mietenwahnsinn

Demonstration 6. April

14 Uhr Bayerischer Bahnhof

www.leipzigfueralle.blogsport.eu

것보다 보다 훨씬 큰 수익을 낼 수 있기 때문이다. 독일 주요 일간지에 따르면 라이프치히에 있는 에어비앤비 옵션이 6,000개에 이르고, 이 중 5분의 1은 한 사람이 여러 개의 방을 내놓은 경우라고 한다. 즉 순수한 집 공유가 아닌 숙박업을 하고 있다는 이야기다. 반면 에어비앤비 측은 라이프치히에 3,000개 이하의 숙박 상품이 있으며 절반은 자기 집의 일부를 공유하고 있다고 반박하고 있다. 아무리 이런저런 통계를 근거로 그럴듯하게 포장한다 해도 에어비앤비가 하는 말은 구차한 변명으로 들린다. 타국 땅에 사는 것도 모자라 내 집 한 칸 없이 세를 살고 있는 을의 입장이라 더 발끈하게 되나 보다. 게다가 임대인이 아파트를 에어비앤비와 같은 숙박 서비스용으로 전환하면서 쫓겨나는 사람들의 이야기가 방송이나 신문에 등장하는 것도 어제오늘 일만은 아니다. 에어비앤비에 보금자리를 빼앗기고, 설상가상으로 치솟은 부동산 가격 때문에 원래 살던 동네에서는 집을 구하지 못해 정든 곳을 떠나야 하는 이들의 사정을 듣고 있노라면 여간 딱한 것이 아니다. 그리고 이런 씁쓸한 이야기를 접할 때마다, 이게 더 이상 남의 일이 아닌 것 같아 불안하기도 하다.

이 장벽을 무너뜨릴 수는 없을까?

전쟁 후 동독 시절부터, 통일 직후 그리고 지금에 이르기까지 라이프치히의 부동산 장벽은 그 위치는 변했을지언정 무너지지 않고 끈질기게 존재해 왔다. 그리고 안타깝게도 이 장벽은 자본주의와 함께 더욱 견고해져 더 많은 평범한 시민들을 점점 더 외곽으로 밀어내고 있다. 주택 양극화 문제는 단순히 주거 지역의 구분이라는 문제를 넘어 여러 다른 사회 문제와도 연결되어 있다. 몇 해 전부터는 부동산 시세와 초등학교에서 상급학교의 진학률이 비례하고, 그 격차가 점점 벌어지고 공고해진다는 문제가 꾸준히 제기되고 있다. 학교별로 꾸려지는 육성회를 통해 걷히는 발전 기금의 차이로 아이들에게 돌아가는 교육의 혜택마저도 주택 장벽 안팎으로 차이가 커지고 있다는 뜻이다.

라이프치히는 시쳇말로 요새 독일에서 가장 핫한, 잘나가는 도시로 꼽히고 있다. 가장 빠른 속도로 성장하는 도시, 해마다 도시 경제 기록을 경신하는 도시, 유럽에서 가장 살기 좋은 올해의 도시라며 추켜세워지고 있다. 하지만 빛이 강할수록 그림자도 짙은 법이 아니겠는가. 솟아오르는 부동산 가격은 일반 가정뿐 아니라 지역 소상공인들에게도 화살이 되어 돌아온다. 오랜 시간 한자리를 지키던 상점, 갤러리, 약국 등도 치솟는 월세를 감당할 수 없어 쫓기듯 자리를 비우고 있다. 종종 가던 단골 가게가 없어져 버린 게 한두 번이 아니다. 얼마 전에는 라이프치히 도심 한복판에 자리 잡은 100여 년의 역사를 지닌 칼슈타트(Karstadt) 백화점이 문을 닫았다. 백화점이 문을 닫는다는 소문이 돌 때부터 이곳 사람들은 서명 운동까지 해가며 이곳을 지키고 싶어 했다.

하지만 70%나 인상된 임대료 앞에선 백화점마저도 무릎을 꿇을 수밖에 없었다. 현재 반년이 넘도록 백화점 건물은 전체가 비어있다. 언제 어떤 기업이 들어올지는 아무도 모른다. 백화점도 이러니 개인 소상공인들이나 가난한 예술가들은 오죽할까. 크지도 않은 구도심에 갈 때면, 종종 텅 빈 옛 백화점 건물 앞을 지나게 된다. 내가 좋아하던 레몬 아이스크림을 팔던 가게도, 예쁜 생일 카드를 팔던 서점도 없다 생각하니 뭔가 빼앗긴 듯 마음이 씁쓸하다. 도대체 이 부동산 게임의 승자는 누구인지, 과연 승자가 있기는 한 건지 궁금하다.

얼마 전 라이프치히에서는 양극화가 심해지는 부동산 문제를 참다못한 사람들이 시내로 나와 시위를 했다.

- 집과 도시는 부자들만을 위한 게 아니라 우리 모두를 위한 곳이다 -

- 집은 물건이 아니라 인권이다 -

- 집을 돈벌이 수단으로 이용하지 말라 –

가두행진을 하는 사람들이 들고 있는 플래카드와 깃발에 쓰인 문구를 보고 있노라니 초등학교 사회시간에 배웠던 '의식주란 무엇인가?'가 떠올랐다. 의식주는 사람이 살아가는 데 기본적으로 필요한 세 가지로 입을 옷과 먹을 음식, 그리고 쉬고 잘 수 있는 집을 뜻하는 말이다.

이 세 가지 요소 중에서 하나라도 없으면 생명을 유지하거나 인간다운 삶을 살 수 없다고 배웠다. 이렇게 중요한 요소임에도 불구하고 '주'의 문제는 동독 시절에도, 통일 후 한참이나 지난 지금까지도 해결되지 않고 있다.

내 가족을 보듬고, 이웃과 더불어 안전하게 지낼 수 있는 보금자리 한 칸을 마련하는 일. 사람이라면 누구나 가질 법한 이 소박한 꿈은 동독 시절에는 당에 충성하는 사람에게만 이뤄졌고, 지금은 돈 많은 부자에게만 가능한 일이 되어 버렸다. 그래서 부자가 아닌 나는 요새 걱정이 된다. 땅값과 월세가 치솟는 요즘, 우리 집 주인도 에어비엔비를 한다며 집을 비우라고 하면 어쩌지? 비싼 부동산 시세에 설마 우리도 아이젠반 슈트라세로 떠밀려 가는 건 아닐까?

18

여섯 번째 장벽: 경제

여전히 허물지 못한 동서독의 경제 장벽

글: 정택

통일과 함께 찾아온 불청객, 실업

독일 통일 후 구동독 주민들에게 가장 공포스럽게 다가왔던 단어는 '해고'와 '실업' 이 두 단어가 아니었을까? 동독 사회에 존재하지 않았던 이 두 단어는 무너진 장벽 너머 그 개념마저 낯설어하던 이들에게 당혹스러운 현실로 들이닥쳤다. 그동안 별로 고민해보지 않았을 노동의 기회는 이제 그들에게 동독 시절 구하기 힘들었던 서독제 물건만큼이나 얻기 힘든 대상이 되었다. 통일 후 구동독 지역의 실업률은 통일 직후인 1990년 10%에서 2005년 20%까지 치솟았다. 서독 지역보다 실업률이 두 배나 높았고 시간이 지나도 격차는 쉽게 좁혀지지 않았다. 이 같은 구동독 지역의 실업 문제는 서독과 동독 모두 통일 조약서에 서명할 그 순간까지 미처 예상치 못한 것이었다. 흡수 통일의 길을 택했던 서독의 결정은 당시 통일 후 동서독 경제 통합에 대한 낙관적이고 잘못된 예측에 근거하고 있었다. 동서독 통일 전 서독 정부와 연구기관들은 통일 후 동독 지역의 실업자 수는 최대 백만 정도에 그칠 것으로 추산했고, 동독 경제가 단시일 내에 서독 경제에 무리 없이 통합되어 정상화될 것으로 전망했다. 하지만 동독 경제가 정상화되는 데는 훨씬 더 길고 힘든 과정을 필요로 했다.

자급자족에 초점이 맞추어져 있던 동독의 산업은 국제시장에서 경쟁력이 없었고, 이 때문에 통일 이후 대부분의 동독 기업들은 자본주의 시장에서 살아남을 수 없었다. 독일 정부는 이들 동독 기업들을 재건하기 위한 적극적인 정책을 펼치는 대신, 단기간에 기업들을 민영화하고 매각하는 정책을 택했다. 인원 감축과 생산시설 축소 등의 구조조정을 거쳐 매각된 기업들은 자체적인 기업 운영 능력을 상실한 채 서독 기업의 단순한 생산공장으로 전락했다. 한편 서독 기업이 경쟁관계에 있는 동독 기업들을 사들인 후 그냥 폐쇄시켜버리는 경우도 많았다고 한다. 이러한 기업 청산과 민영화 과정을 통해 통일 후 동독 지역은 자생적인 경제 능력을 대부분 상실하게 된다.

현재까지 독일의 30대 상장 회사들 중 동독 지역에 본사를 두고 있는 기업은 하나도 없는 실정이다. 독일의 유력 일간지 디 벨트 (Die Welt)가 선정한 독일의 500대 기업 중 2016년 기준으로 구서독 지역에 본사를 둔 기업 수가 464개인 반면, 구동독 지역에 본사를 둔 기업 수는 36개에 그치고 있어 동서독 지역 간의 경제적 불균형이 여전히 심각한 상태임을 엿볼 수 있다.

통일 이듬해인 1991년 라이프치히 시민들의 시위 현장. "노동자인민에서 실업자인민으로(Vom Arbeitervolk zum Volk ohne Arbeit)"라는 구호의 플래카드를 들고 정부에 실업문제 해결을 촉구하고 있다. 출처: https://www.hdg.de/lemo

통일 후 동독 경제의 회복과 통일의 경제적 효과에 대해 낙관했던 전망은 빗나갔다. 통일 후 독일은 높은 실업률과 과도한 재정적자로 국가 전체가 휘청거리기 시작해 1990년대 소위 유럽의 병자로까지 불리는 처지가 됐다. 2005년에 실업률 최고점을 찍었는데 독일 전체 실업률이 13%, 구동독 지역 실업률은 20.5%까지 치솟았다. 한국이 IMF 외환위기로 1998년 7%의 실업률을 기록했던 것과 비교해보면 2005년 당시 독일의 실업 상황이 얼마나 심각했는지 실감이 난다.

독일, 불황의 알프스를 넘다

독일은 실업률 최고점을 찍은 2005년 이후로 실업률이 서서히 떨어지기 시작한다. 2005년은 슈뢰더 총리가 이끄는 사민당 (SPD) 정부가 노동 및 복지 개혁을 대대적으로 시행한 해이다. 이 개혁안은 실업 급여의 수준과 수급 기간을 줄이고 정리해고 요건 완화 및 시간제 고용 확대와 같은 노동 유연성 강화를 주요 골자로 한다. 이 개혁안의 효과에 대해서는 여전히 독일 내에서 논쟁의 대상이지만, 독일 경제는 이 시기를 기점으로 점차 되살아나기 시작했다. 2008~2009년 세계적인 경제 위기에도 크게 흔들리지 않고 현재까지 성장 가도를 이어오고 있다. 이 같은 경제 호황 덕에 2019년 3월 기준으로 독일 전체 실업률은 5.1%, 구서독 지역 실업률 4.7%, 그리고 구동독 지역 실업률은 6.7%로 통일 이후 가장 낮은 수치를 기록했다. 2005년과 비교했을 때 전체 실업률뿐만 아니라 동서독 지역 간의 실업률 격차가 상당히 감소했다. 구동독 지역 중 라이프치히를 비롯해 산업 기반이 좋은 지역들은 실업률이 5%대로 독일 전체 실업률 평균에 가까운 수치를 보이고 있다.

통일 이후 30여 년간 구동독 지역 재건을 위한 지난 노력이 결실을 맺고 있는 것일까? 내가 살고 있는 라이프치히도 지난 10년간 눈에 띄는 변화들이 많이 보인다. 건축 붐이라 할 만큼 새 빌딩 건축과 리모델링 공사가 도시 곳곳에서 이루어지면서 옛 동독 시절의 낡은 건물과 칙칙한 거리 모습은 점점 자취를 감추고 있다. 최근 몇 년 사이에 주민들이 "라이프치히에 이렇게 호텔 수요가 많은 거야?"라며 의아해할 정도로 새 호텔들도 많이 들어서고 있다. 몇 년 전만 해도 드물었던 벤츠, BMW 같은 고급 승용차들이 이제는 부쩍 늘어 거리의 풍경까지 바꿔놓고 있다. 겉으로 보이는 게 다는 아니지만 내가 처음 라이프치히에 왔던 2008년과 비교해보면 이 지역의 생활수준이 많이 나아진 것은 분명하다. 이런 발전이 가능해진 것은 통일 직후의 정책 실패를 교훈 삼아 구동독 지역 재건을 위해 새로운 산업기반을 조성하고 기업을 유치하기 위한 노력을 지속해왔기 때문이다.

그런 노력의 결실로 이웃 도시이자 작센주의 주도인 드레스덴은

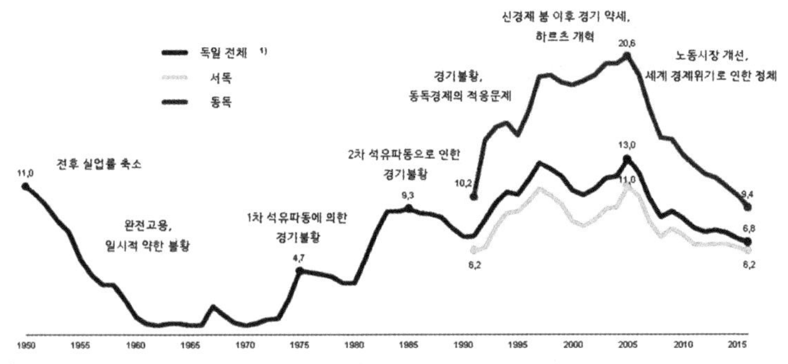

출처: Statistik der Bundesagentur für Arbeit

독일의 실리콘 밸리라 불리는 IT 클러스터 '실리콘 색소니(Silicon Saxony)' 가 조성되어 300여 개의 IT 기업이 입주해 4만여 개의 일자리를 창출하고 있다. 이 클러스터에 위치한 기업, 연구소, 대학들은 서로 긴밀히 협력하여 혁신적인 기술과 비즈니스를 창출해내며 독일의 인더스트리 4.0의 핵심 동력을 제공하고 있다. 현재 라이프치히는 포르쉐와 BMW의 생산 공장이 들어서 있고, DHL의 유럽 항공 물류센터와 아마존 물류센터가 세워져 독일의 주요 자동차 및 물류 산업 도시로 성장하고 있다. 포르쉐와 BMW는 그동안 지속적인 투자를 통해 생산 규모를 계속해서 확장해왔다. 2002년 먼저 들어선 포르쉐 라이프치히 공장은 270명의 직원으로 시작해 현재 4,300명으로 그 규모가 대폭 커졌다. 이후 2005년에는 BMW 공장이 세워졌고 당시 직원 수 2,000명에서 현재 5,300명 규모로 성장했다. 이렇게 구동독 지역에 주요 산업 거점들이 조성되면서 이들 산업을 중심으로 제반 산업과 서비스도 성장해 지역 경제와 일자리 사정이 나아지고 있다.

부자 나라, 가난한 국민

통일 후 지난 30여 년간의 구동독 지역 실업률 그래프를 보고 있자니, 마치 알프스 산봉우리를 하나 넘은 것처럼 보인다. 힘겨웠던 지난 시간을 뒤로하고, 이제 멋진 알프스의 초원이 이들에게 펼쳐지고 있는 듯하다. 현재 독일의 호황은 분명 힘들었던 어제를 잊게 할 달콤한 열매를 국민들에게 안겨줄 것만 같다. 그런데 직장 동료나 친구들에게 듣게 되는 건 좀 다른 얘기들이다. "독일은 나라는 잘 나가는데, 서민들은 살기가 더 팍팍해진다.", "독일 제품의 경쟁력은 유럽 이웃 나라들에 비해 상대적으로 낮은 임금 덕분이다.", "실업률은 줄었어도, 일자리의 질은 더 떨어졌다." 분명 최근 독일은 경제 호황을 누리고 있고, 이런 호황과 함께 이곳 라이프치히도 예전에 비해 형편이 나아진 건 분명한 것 같은데 여전히 볼멘소리가 이곳저곳에서 들려온다. 임금과 근로환경 개선을

PORSC

3.7t

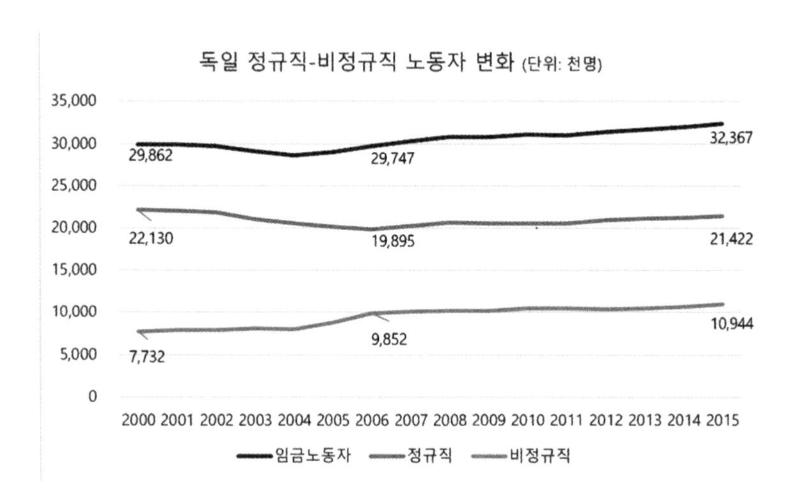

출처: www.destatis.de

위해 계속해서 이어지는 지역 노동자들의 파업 소식, 주택 임대료가 너무 올라 피켓을 들고 거리로 나온 주민들, 지역민들의 불만을 이용한 극우정당의 득세 같은 최근의 모습들은 분명 경기 지표나 실업률 그래프가 보여주지 않는 또 다른 현실의 문제가 있음을 말해주고 있다. 흔히 말하는 통계의 그늘이 작용하고 있는 것은 아닐까? 그렇다면 이 수치의 그늘에 가려진 또 다른 현실은 과연 무엇일까?

정규직과 비정규직의 비율은 일자리의 질적인 면을 보여주는 주요한 지표이다. 위의 그래프를 보면 독일의 비정규직 일자리가 2000년 이후로 지속적으로 증가하고 있다. 특히 2005년 노동 복지 개혁을 시행한 직후 비정규직 일자리가 급격히 늘었다. 전체 일자리 증가분을 정규직이 아닌 비정규직 일자리가 채우고 있다. 2017년 기준 독일의 전체 임금 노동자 중 한시적, 시간제, 미니잡, 파견직 노동자를 포함하는 비정규직 노동자의 비율은 20%가 조금 넘는다. 비정규직 유형 중에는 시간제 노동과 미니잡 (임금이 월 400유로 이하의 일자리로 세금과 사회보험료가 면제된다)에 종사하는 노동자 수가 대폭 늘었다. 2005년의 노동 개혁 이후 독일의 실업률은 낮아졌지만, 대신 노동 유연화로 인해 일자리의 질도 함께 낮아지게 된 것이다. 노동 개혁을 통해 1년 이상 실업자에 대한 실업급여가 대폭 줄고, 급여 조건도 까다롭게 강화되었다. 이 때문에 실직자들은 좋은 조건의 일자리를 찾을 때까지 버티지 못하고 조건이 나쁜 일자리도 받아들일 수밖에 없었다. 이를 통해 기업들은 노동 시장 유연화와 임금 억제의 혜택을 고스란히 누렸지만, 독일의 경제가 살아나며 얻게 된 이익은 서민들에게 제대로 돌아가지 않았다. "나라는 잘 나가는데, 서민들은 살기가 더 팍팍해진다."는 불만의 소리가 나오는 이유이다.

아이러니하게도 경제 호황을 누리는 독일의 빈부격차는 점점 더 커지고 있다. 그리고 이 빈부격차는 구동독 지역과 구서독 지역 간에도 뚜렷이 나타나고 있다. 관련 통계를 살펴보면 현재 구동독 지역의 임금수준은 구서독 지역의 85%에 그치고 있고, 구동독 지역민들의 평균 수입은 구서독 지역민보다 24%가 더 적은 것으로 나타난다. 실업률이 20%까지 치솟았던 구동독 지역민들이 노동 시장 유연화 과정에서 임금 억제와 질 나쁜 일자리로 내몰리는 압박을 더 받을 수밖에 없었다. 한스 뵈클러 재단 (Hans-Böckler-Stiftung)의 조사에 따르면 구동독 지역 노동자의 절반이 타리프 계약(Tarif-Vertrag)이 아닌 개별 계약 조건에서 근무하고 있다. 타리프 계약이란 독일에서 단체협약을 통해 각 직업군에 따라 임금 최저선, 노동시간, 휴가 일수가 정해져 있어 노동자의 권익이 법적으로 보장되는 계약 방식이다. 노동자가 고용주와 개별 계약을 하는 경우 타리프 계약 조건보다 낮은 처우를 받는 경우가 대부분이다. 그리고 개별 계약 방식의 경우 타리프 계약보다 동서독 지역 간 임금 차이도 더 크게 나타난다. 구동독 지역의 일자리 질을 떨어트리는 주요 요인이다.

동서독의 경제 통합 이뤄질 수 있을까?

구동독 지역의 실업률이 감소한 데에는 또 다른 이유가 있다. 구동독 지역의 인구 고령화와 함께 이 지역의 많은 젊은이들이 서독 지역으로 이주하면서 자연스레 노동 가능 인구수가 감소한 면이 있다. 2015년에도

2011
ROSSMANN
HOTEL
2019

ERSTE BAUGESELLSCHAFT
LEIPZIG AG
KLAUSER
schuhe
KLAUSER
2011

2019

RB LEIPZIG
LEIPZIG

일자리를 위해 동독 지역에서 서독 지역으로 이주한 사람이 약 40만 명에 이른다. 거꾸로 서독 지역에서 동독 지역으로 이주한 사람은 약 14만 명이다. 한 해 동안에만 26만 명의 사람들이 일자리를 위해 동에서 서로 이주했다. 인구 고령화와 젊은이들의 이주로 인해 구동독 지역은 갈수록 늙어가고 있다. 한 연구에 의하면 구동독 지역의 70개 행정지역에서 단지 10개, 그리고 132개 도시 중 15개 도시만이 인구 감소를 피할 수 있을 거라고 한다. 라이프치히, 드레스덴, 예나 등 대학과 산업 기반이 갖춰진 구동독 도시들은 최근 인구가 증가하고 있긴 하지만, 그 외 대부분 지역은 인구 감소에 대한 해결책을 찾지 못하고 있다. 한국도 요즘 지방 도시들의 인구 급감에 대한 문제가 제기되고 있는데, 인구 고령화가 심한 독일, 특히 구동독 지역도 같은 문제를 안고 있다.

이와 관련해 2019년 초 베를린 장벽 붕괴 30주년을 맞아 의미 있는 연구보고서가 발표되었다. 옆 도시 할레에 있는 독일 국책연구소인 라이프니츠 경제연구소(Leibniz-Institut für Wirtschaftsforschung Halle)가 "통일된 나라-장벽 붕괴 후 30년(Vereintes Land - drei Jahrzehnte nach dem Mauerfall)"이라는 제목으로 경제적인 측면에서 동서독 통합의 현주소를 진단한 보고서이다. 보고서는 지금까지 독일이 상당 정도의 동서독 통합을 이뤄냈지만, 여전히 큰 경제적 불균형의 문제를 안고 있고 이를 해결하기가 앞으로도 쉽지 않을 것이라는 의견을 내놓았다. 무엇보다도 구동독 지역이 젊은층과 교육 수준이 높은 양질의 노동 인구가 부족해 생산성이 구서독 지역에 비해 떨어지는 상황을 가장 큰 문제로 꼽았다. 이 문제는 전반적으로 낮은 지역 경제 수준과 임금 격차를 가져오고 이런 환경이 양질의 노동 인구 유출을 초래하는 악순환을 일으키게 된다. 특히 구동독 지역은 향후 노동 가능 인구의 감소율이 서독보다 두 배로 높아 동서독 간 노동력의 양적 질적 차이가 더 커질 것으로 보고 있다.

보고서는 2060년 노동 가능 인구가 2015년과 비교해서 구동독 지역이 40%, 구서독 지역은 20% 정도 감소할 것으로 전망한다. 이대로라면 가까운 미래에 구동독 지역은 인구 고령화로 지역 경제와 사회가 활력을 잃고 낙후 지역으로 전락하게 될 위험성이 크다. 보고서는 이 같은 문제를 경고하고 구동독 지역에 질 높은 노동력을 확보할 수 있도록 교육에 대한 적극적인 투자, 좋은 지역 기업 육성을 위한 지원, 그리고 인구 유입을 늘리기 위한 도시 인프라와 생활환경 조성 등을 주요 과제로 꼽았다.

통일 후 30여 년이 지났지만 동서독 지역 간의 경제 통합과 균형의 꿈은 여전히 요원하다. 통일 당시의 예상보다 앞으로도 훨씬 더 오랜 시간이 걸릴 수도 있다. 구동독 지역의 인구 감소와 고령화 경향을 볼 때

특단의 대책과 해결법이 없는 한 점점 더 실현되기 어려운 꿈으로 남게 될지도 모른다. 동서를 가로막던 장벽은 이제 보이지 않지만, 여전히 보이지 않는 장벽이 동서의 경계를 가로지르고 있는 것 같다.

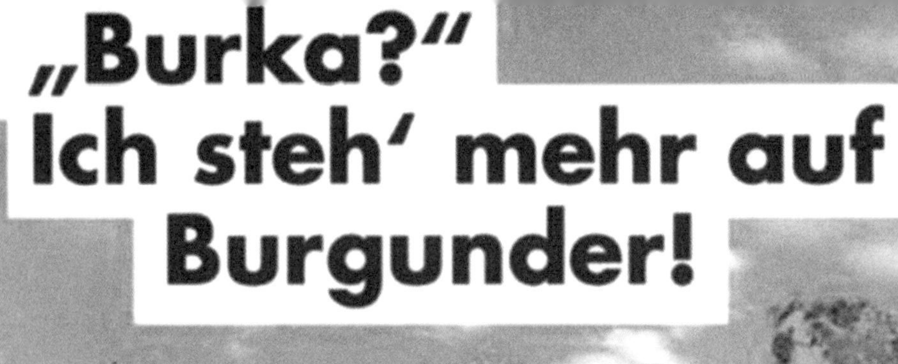
„Burka?"
Ich steh' mehr auf
Burgunder!

TRAU DICH
DEUTSCHLAND!
AfD

일곱 번째 장벽: 정치

소외된 땅에 세워지는 분노의 장벽

글: 정택

2017 독일 총선이 우리에게 남긴 메시지

- 총선 결과에 경악하다

2017년 독일 총선 결과는 독일 사회에 충격을 안겨주었는데, 나 같은 외국인에게는 더더욱 충격적이고 걱정스러운 소식이었다. 총선 다음 날 아침 일어나자마자 인터넷으로 총선 결과를 찾아보곤 혈압이 수직 상승하는 듯했다. 메르켈의 4선 성공? 세계 정치사에 남을 대단한 일이긴 하지만 모두가 예상한 결과라 별로 놀랍지는 않았다. 나의 혈압을

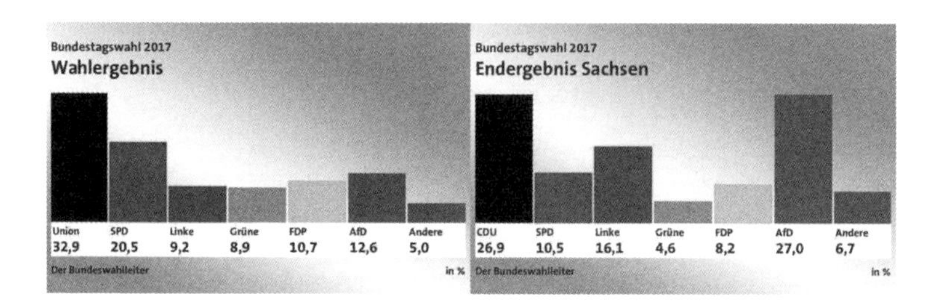

2017 독일 총선 결과와 작센주(Sachsen) 득표 결과. 출처: wahl.tagesschau.de

더욱 끌어올린 건 AfD, 즉 '독일을 위한 대안'이라는 '듣보잡'에 가까운 신생 극우정당이 얻은 득표율이었다.

전국 득표율 12.6%로 3위… 어이쿠야. 그런데 더 경악하게 만든 건 내가 살고 있는 작센주에서의 득표율이 27%. 집권당인 기민당(CDU)까지 제치고 당당히 1위를 차지한 것이었다. 선거 전부터 AfD의 득표율이 이번 총선 초미의 관심사였는데, 설마 이 정도일 줄은 미처 예상하지 못했다. 최근 극우정당이 유행처럼 번지는 유럽이지만 독일마저 이런 결과가 나오다니. 그날 아침 나는 믿는 도끼에 발등 찍힌 듯한 기분이었다.

총선 이후로 한동안은 이곳 사람들이 달리 보였다. '저들 셋 중 하나는 나치 추종자인 건가? 외국인인 나를 보며 어떤 생각을 할까? 내가 너무 과민한 건가?' 이런 기분 나쁜 생각들이 머릿속을 맴돌았다. 십 년 가까이 독일 생활을 하며 이런 생각이 든 적은 없었다. 가끔 외국인에게 호의적이지 않거나 차별받는다는 느낌이 들 때도 있었지만, 내가 살고 있는 도시의 분위기 자체가 이렇게 으스스하게 느껴지긴 처음이었다. 서독 지역에 사는 지인들이 "동독 지역에 나치가 많다더라", "거기 위험하지 않아?" 이런 얘기들을 할 때마다 동독 지역을 와보지 않아서 그런 거라고, 전혀 위험하지 않다고, 나치가 있긴 해도 정말 적은 수에 불과하다는 얘기를 해줬었다. 그런데 이제는 이렇게 말하기가 쉽지 않을 것 같다.

- '독일을 위한 대안', 대체 뭐라는 거야?

최근 몇 년간 독일 전역에 극우 집회들이 확대되고, 급기야 이번 총선 전에 AfD라는 극우정당이 결성되어도 그냥 지나가는 미풍 정도로만 생각하고 큰 관심을 갖지 않았다. 그런데 이번 총선 결과는 이제 그들이 무엇을 주장하고 있는지, 왜 사람들이 극우정당에 표를 던졌는지 관심을 갖고 들여다보게 만들었다. 이는 비단 나뿐만 아니라 독일 사회도, 정치권도, 언론도 아마 같은 입장일 것이다. 극우정당과 이를 지지하는 이들은 이번 총선을 통해 그들에게 큰 관심을 갖지 않았던 독일의 주류 사회에 일종의 빅 엿을 날린 셈이다. "봐라, 여기 우리가 있다"라며.

AfD의 선거 포스터, '새로운 독일? 우리 스스로 하자', '다양성? 우린 이미 다양해'

총선 전에 길거리에 나붙은 AfD의 선거 포스터들을 흥미롭게 보긴 했지만, 총선 결과를 보고 나서야 그들의 선거 포스터를 인터넷으로 전부 찾아보았다. 일반적인 선거 포스터들과는 달리 어떻게 보면 무척 조악하고 달리 보면 기존의 선거 포스터 틀을 깨고 자신들의 메시지를 쉽고 재미있게 담아낸 것 같다. 어쨌든 이들 포스터에서 AfD와 지지자들이 공유하고 있는 가치들을 찾아볼 수 있었다.

이들 포스터에 담긴 AfD의 주장을 보면 다양한 인종과 유형이 어울려 살아가는 독일의 새로운 국가 정체성을 거부하고, 다른 한편 EU 체제와 유로화 유지를 위한 독일의 적극적인 역할에 반대한다. 최근 유럽에서 부는 극우 포퓰리즘의 전형적인 주장들이다.

다음 사진은 더욱 노골적으로 이슬람에 대한 공포와 혐오 감정을 표출하고 있다. 소녀가 눈물을 흘리고 있는 이미지의 포스터는 2016년 새해맞이 때 쾰른을 비롯한 독일 여러 도시에서 난민 출신 남성들이 성폭력, 강도, 폭행 사건을 일으킨 것을 연상시키며 이들에 대한 공포심을 자극하고 있다. AfD는 이처럼 현재 독일의 난민 포용 정책이 가져오는 부정적인 측면들을 적극적으로 활용하고 있다. 일종의 공포 마케팅이다.

이번 총선 과정 중 독일 공영방송국이 실시한 설문조사에서 AfD 지지자들의 의견은 이들 AfD의 포스터가 담은 메시지와 정확히 일치한다.

Zonen-Gaby (17)
im Glück (BRD):

Meine erste Banane

AfD 지지자들은 자신들의 주요 걱정거리에 대해 다음과 같이 응답했다.

우리는 독일 문화의 상실을 경험하고 있다 95%

독일에서 우리의 삶이 크게 변화하고 있다 94%

독일에 대한 이슬람의 영향이 강해진다 92%

우리 사회가 점점 더 분열되고 있다 91%

범죄율이 앞으로 급격히 증가할 것이다 91%

한마디로 하면 이들은 독일 내 난민을 비롯한 이민자의 증가로 독일의 전통적인 정체성이 약해지고, 사회문화적으로 큰 변화를 겪게 될 것을 우려한다. 가장 큰 요인은 집권당의 난민 정책이고, 이들은 이번 선거를 통해 그리고 AfD라는 신생 정당을 통해 이 정책에 대한 반대의 입장을 강력하게 어필한 것이다.

- 구동독 지역, 극우정당의 텃밭이 되다

지난 총선에서 AfD에 가장 많은 표를 준 지역은 독일 동북부의 구동독 지역이다. 다른 말로 하면 이 지역의 반난민, 반외국인 정서가 제일 강하게 나타나고 있다. 난민과 이민자들의 비율이 가장 높기 때문일까? 아니다. 사실은 정반대다. 구서독 지역의 난민 수용률은 10~20%인데 반해, 구동독 지역은 5% 이하에 그치고 있다. 일반적인 거주 외국인 비율도 구서독 지역은 대부분 10% 이상이지만, 구동독 지역은 대부분 2~3%로 낮다. 이 정도면 반난민 반외국인 정서가 구서독 지역에서 더 높게 나타나야 할 텐데, 오히려 구동독 지역이 극우 정치의 온상이 된 것은 좀 아이러니하다.

지난 총선 이후 독일 사회도 지금 이 점을 무척 궁금해하고 있다. 선거 이후 독일 언론들은 구동독 지역을 집중 조명하며 왜 이 같은 현상이 일어나는지 그 배경과 원인들을 밝히는 기사들을 앞다투어 보도했다. 나도 이 부분이 무척 궁금해 관련 기사와 자료들을 찾아 읽어보았다. 언론 기사와 관련 연구들은 이번 현상에 대한 다양한 해석을 내놓고 있다. 그중 하나는 이번 현상은 과거 동독의 특수한 사회문화적 체제가 남긴 잔재에 기인한다는 설명이다. 서독에 비해 동독은 사회주의 체제에서 훨씬 폐쇄적인 사회 구조가 유지되었고, 이로 인해 외국인이나 이방인에 대해 개방적이지 않은 문화적 환경을 지니고 있다. 또 오랜 권위주의 체제하에서 동독 주민들이 민주적인 시민의식을 충분히 습득하지 못했고, 이 때문에 극우주의에 보다 쉽게 동화된다는 점도 지적되고 있다.

어느 정도 타당한 면이 있다. 하지만 이번에 AfD의 지지층이 갖는 특징을 보면, 구동독 지역의 20~40대 남성이 가장 큰 지지 세력이다. 이들은 구동독 시절 청소년 시기를 보냈거나 20대 중반까지는 아예 통일 이후에 태어난 세대이다. 이들에게 동독 체제의 잔재가 깊이 남아있다고 보기는 어렵지 않을까? 다른 한편 극우정당의 부상이 동독 지역에서만이 아니라 프랑스, 오스트리아, 네덜란드 등에서도 비슷하게 나타나고 있고, 결은 좀 다르지만 영국의 브렉시트도 그 저변에 유사한 정서가 바탕하고 있는 것을 볼 때 동독 지역의 역사·문화적인 배경에서만 그 원인을 찾는 것은 아무래도 설득력이 떨어져 보인다.

- 분노와 증오의 정치

그렇다면 다른 무엇이 있는 것일까? 내게 좀 더 설득력 있게 다가왔던 글들에서 반복해서 나오는 개념이 있었는데, 이 개념이 이번 현상을 가장 적절하게 이해할 수 있는 핵심 열쇠라는 생각이 들었다. '압게행텐(Die Abgehängten)', 내게는 생소한 독일어 단어였는데, 우리말로 낙오자, 사회적 소외계층 정도로 옮길 수 있다. 트럼프 미 대통령이나 프랑스의 르펭 그리고 독일의 AfD 등 최근 세계적으로 부상하고 있는 포퓰리스트들이 엘리트, 금융자본, 주류 정치를 공격하며 이들의 반대편에 서 있는 소외된 이들을 정치적 지지층으로 끌어들이고 있다. 이 압게행텐이라는 개념은 이들 포퓰리스트들의 핵심 지지층을 지칭하는 개념으로 사용되고 있다. 급변하는 사회 속에서 도태된 채 실업과 가난에서 벗어나지 못하는 이들, 주변부를 빨아들이는 도시의 성장과 발전에 가려진 채 쇠락해가는 교외 지역 주민들, 정치권과 언론의 관심을 받지 못한 채 내 버려진 이들. 이들이 바로 '압게행텐'이다. 고속 열차가 스쳐 지나가는 폐쇄된 기차역에 몇 년째 방치된 채로 녹슬어 가는 객차와 같은 존재들이라 할 수 있다.

독일에서는 구동독 주민들이 바로 그런 이들이다. 통일이 된 지 30년 가까운 시간이 흘렀지만 구동독 지역은 여전히 구서독 지역보다 가난하다. 차이는 실업률에서도 동일하게 나타난다. 구동독 지역의 많은 소도시와 마을들은 지역의 주요 산업이 붕괴되고, 젊은이들과 교육 수준이 높은 이들은 일자리를 찾아 떠났다. 인구는 감소하고, 생활환경은 점점 낙후되고 있다. 통일 후 정부의 재건사업이 베를린, 라이프치히, 드레스덴 같은 주요 도시들에 집중되어 이들 도시들은 지속적인 변화와 발전을 이루어 왔다. 하지만 그 외의 지역들은 상대적으로 소외되어 왔다. 때문에 이곳 라이프치히의 중심부와 주변 근교 지역은 분위기 자체가 무척이나 다르다. 차나 기차로 이동하다 보면 마치 시간여행을 하는 듯한 착각이 든다.

이들 지역민들의 빈곤과 상대적 박탈감은 증오에 바탕을 둔 극단적인 정치 운동이 자라나는 자양분이 된다. 실업과 빈곤의 굴레에서 벗어나지 못하는 이들에게 자신의 일자리와 자기에게 돌아와야 할 세금을 가로채는 이민자와 난민이 달가울 리 없다. 게다가 테러와 범죄의 위협, 그리고 이질적인 문화로 일상의 안전과 질서를 깨트리는 이방인은 쉽게 혐오와 증오의 대상이 된다. 극우 정당은 바로 이 점을 이용해 자신들을 세력화하는 데 성공했다. 이민자와 난민들의 범죄 사건을 이용해 시민들의 공포심과 증오심을 확산시키고, 대중 정치 집회를 통해 이런 반감과 공포의 정서를 공개적으로 표출하게 했다. 광장에 모인 구동독 지역의 AfD 지지자들은 반난민, 반이민을 주장하며 정부를 향해 "우리가 인민이다(Wir sind das Volk)"라는 구호를 외쳤다. 아이러니하게도 "Wir sind das Volk"는 1989년 독일 통일의 기폭제가 되었던 동독의 평화혁명 당시 시민들이 민주화를 요구하며 동독 정권을 향해 외쳤던 구호이다.

장벽이 무너진 후 새로운 소외와 박탈감으로 힘겨워하는 인민들이 다시 거리로 나섰다. 자신들을 가두던 체제의 장벽을 허물기 위해 외쳤던 구호를 이제 자신들을 보호해줄 장벽을 세우기 위해 외치고 있다. 난민과 외국인을 속죄양 삼아 자신들의 현실 불만을 쏟아내고 있다. 이들의 상황과 심정이 마음 한편 이해되기도 하지만, 그럼에도 이들에게 이렇게 되묻고 싶다. 당신들이 세운 장벽 안에서 과연 안전하고 풍요로운 사회를 만들 수 있는지. 아리안 민족국가의 이상으로, 사회주의 국가의 이상으로 쌓아 올린 장벽 아래에서 결국은 인민이 신음하지 않았던가. 이런 비극을 피하기 위해서는 독일의 현세대가 앞세대의 잘못을 기억하며 이를 되풀이하지 않는 지혜가 절실히 요구된다. 다른 한편 독일 사회가 보다 더 적극적으로 구동독의 주민들, 소외된 사회 경제적 약자들을 포용하고 일으켜 세우기 위한 노력을 기울여야만 한다. 이런 노력 없이는 현재와 같은 극단적 정치 운동의 확대를 막기가 쉽지 않아 보인다.

독일의 현재를 보며 한국 사회에 대한 고민으로 이어졌다. 커져만 가는 빈부격차, 높은 청년 실업, 고령화로 인한 지역사회의 소멸, 기존 산업의 붕괴로 인한 대량 실직 등 현재 진행되고 있는 사회적 위기 속에서 '압게행텐', 즉 사회적 소외층은 빠르게 증가하고 있다. 세계 여러 국가에서 목격하는 것처럼 이들의 소외와 불만을 이용한 극단적인 정치 운동이 한국 사회에서도 일어날 수 있다. 이 경우 극단적 정치 운동이 분노의 표적으로 삼을 대상은 누구일까? 누구를 향해 장벽을 쌓게 될까? 만약 남북한의 통일이 현실화된다면 이때 남한 사회는 북한 주민들이 통일 후 사회적 소외층으로 전락하지 않도록 이들을 제대로 포용하고 지원할 수 있을까? 만약 이런 준비와 노력이 제대로 이루어지지 못한다면, 북한 주민들은 통일 한국에서 '압게행텐'의 운명을 피할 수 없을 것이다. 그 소외된 자리에서 터져 나오는 불만과 증오는 한국 사회의 지반을 다시 뒤흔드는 위험이 될 수 있다. 통일 후 30여 년이 지난 지금까지도 구동독 지역의 재건과 통합에 어려움을 겪고 있는 독일의 상황이 현재의 그리고 미래의 우리에게 주는 메시지에 귀 기울여야 할 이유다.

P
STOP
TAXI
GRAUE MAUS
P

에필로그

수십 년간 분단되었다가 다시 합쳐진 통일 국가. 우리는 아직 경험하지 못한 요원한 대상이다. 남북한이 나눠지기 이전을 경험했던 부모 세대와 달리, 분단된 국가에서 태어나고 자란 우리 세대에게는 평양과 개성이 도쿄나 베이징보다 더 멀고 낯설게 느껴진다. 때문에 통일된 한반도를 상상하고 그려보기에는 젊은 세대가 가진 경험과 상상력이 턱없이 부족하다. 북한이나 통일 관련해서는 기껏해야 TV 프로그램의 가십 정도 아니면 아예 나와 상관없는 먼 나라 일쯤으로 여기는 게 우리에게 주어진 선택지다.

라이프치히 프로젝트를 진행하고 이렇게 책까지 내게 된 저자들도 별반 다를 바 없었다. 그러다 독일에 오게 되었고, 그중에서도 구동독의 도시 라이프치히에서 생활하게 되었다. 이곳에서 공부하고 생활하면서 통일된 독일, 그리고 통일 후의 구동독 지역의 변화를 경험할 수 있는 특별한 기회가 우리에게 주어졌구나 하는 생각이 들었다. 통일의 길에 먼저 들어선 독일을 경험하며 과연 통일된 한반도는 어떨까, 통일 이후 남북한의 사람들은 모두 더 나은 삶을 살 수 있을까, 통일은 우리에게 어떤 새로운 기회와 문제들을 안겨줄까 하는 물음들을 얻게 되었다. 그리고 이 물음들을 갖고 통일 독일의 현재를 좀 더 자세히 들여다보고 싶어졌다. 통일 독일이라는 구체적인 현실을 통해서 한반도 통일이라는 미래를 보다 잘 그려볼 수 있겠다는 기대감에서였다.

그렇게 해서 라이프치히의 주거, 일자리, 교육, 문화 등 이곳 구동독 지역의 생활환경을 1년간 글과 사진으로 담아보는 라이프치히 프로젝트를 시작하게 되었다. 애초 계획과 달리 작업은 한 해를 넘기고 지금 이 책을 내기까지 3년의 시간이 지났다. 이곳 라이프치히가 애초 생각했던 것보다 더 흥미롭고 풍부한 이야기들을 지니고 있어 이를 글로 담아내는데 더 많은 시간과 노력이 필요했다. 그리고 처음 시작 때에는 생각지도 못했던 중요한 사건과 변화들이 그간 생겨났다. 특히 그간 독일 내, 특히 구동독 지역에 극우파들이 세를 불리고 2017년 독일 총선에서 주요 정당으로 자리 잡은 사건은 통일 독일의 현재를 함축적으로 보여준다. 무엇보다 독일의 통일이 아직 미완의 과정에 있다는 사실, 베를린 장벽은 무너졌지만 눈에 보이지 않는 장벽들이 여전히 남아 있음을 알게 해주었다. 이 책의 저자들이 지난 3년간 프로젝트를 진행하며 느끼고 경험했던 것도 같은 선상에 있다. 독일의 사례가 우리에게 주는 메시지라 생각한다. 한편 반가운 것은 프로젝트를 진행하는 동안 남북한 관계가 극적으로 변화한 사실이다. 누구도 예상 못했던 남북한 정상회담과 교류 행사, 그리고 북미 정상회담까지 놀라운 사건들이 2018년 한 해 동안 숨 가쁘게 이어졌다. 라이프치히 프로젝트를 진행하며 고무된 시간이었다. 통일에 대한, 남북한 관계에 대한 국민적 관심이 높아지고 건설적인 논의들이 활발해질 수 있는 기회가 만들어졌기 때문이다.

한편 걱정도 됐다. 몇 번의 극적인 이벤트 후 관심과 기대가 금세 사그라지지 않을지. 통일은 한순간의 장밋빛 사건이 아니라 오랜 시간의 인내와 노력이 요구되는 과정의 산물임을 독일의 통일은 말해주고 있다. 장기적인 관점에서 통일된 한반도를 구상하고 구체적인 논의와 준비를 진척 시켜 나가야만, 통일을 남북한 주민 모두에게 불행이 아닌 축복이 되는 길로 만들어 갈 수 있을 것이다. 지금이 이를 위해 국민적 공감대와 논의의 장을 만들 수 있는 기회라 생각한다. 한편 이 책이 출간되는 2019년은 베를린 장벽이 무너진 지 30주년이 되는 해라 더욱 뜻깊다. 독일 내에서도 통일 후 30년을 되돌아보고 현재를 진단하는 작업이 활발히 이뤄지고 있다. 독일 사회는 자신들의 현주소를 어떻게 진단할지 궁금하다. 또 독일인들 스스로 인식하는 자화상과 이방인의 눈으로 본 통일 독일의 모습이 어떻게 닮아 있고, 어떻게 다를지 궁금하다.

분단의 아픔을 공유하는 한국과 독일이기에 통일 독일을 바라보는 한국인의 시선이 남다르고 의미 있을 것이라 생각한다. 독일 통일 30주년을 맞으며 이 책이 통일 독일의 한 면을 이해하는데, 그리고 독일 사례를 통해 한반도의 통일을 보다 구체적으로 생각해보고 논의하는 데 작은 보탬이 되었으면 한다.

2019년 11월

독일 라이프치히에서